目錄

附　錄

第一單元

發音

法語字母表和語音

任何一門外語，語音的學習都是不可少的。尤其對於法語，它是一門讀音規則相對非常有規律的語言，所以，確實掌握法語的語音，是學習法語的基礎及關鍵。

法語的 26 個字母

01-01

大寫	小寫	發音	大寫	小寫	發音
A	a	a	N	n	ɛn
B	b	be	O	o	o
C	c	se	P	p	pe
D	d	de	Q	q	ky
E	e	ə	R	r	ɛr
F	f	ɛf	S	s	ɛs
G	g	ʒe	T	t	te
H	h	aʃ	U	u	y
I	i	i	V	v	ve
J	j	ʒi	W	w	dubləve
K	k	ka	X	x	iks
L	l	ɛl	Y	y	igrɛk
M	m	ɛm	Z	z	zɛd

法語的 26 個字母，從書寫上來看和英語是相同的，從讀音上來看，絕大部分還是有差異的。

在開始學習語音之前，了解 26 個字母的讀音是非常重要的。因為在 26 個字母中包含了絕大部分法語的發音音素，更有助於之後的語音學習。

🎧 01-02

法語音素共有 35 個，其中包括 15 個母音，17 個子音和 3 個半母音。

母音	/i/ /e/ /ɛ/ /a/ /u/ /o/ /ɔ/ /y/ /ø/ /ə/ /œ/ /ɛ̃/ /œ̃/ /ɑ̃/ /ɔ̃/
子音	/p/ /b/ /t/ /d/ /k/ /g/ /f/ /v/ /s/ /z/ /ʃ/ /ʒ/ /l/ /m/ /n/ /ɲ/ /r/
半母音	/j/ /ɥ/ /w/

掌握了 35 個發音音素，就能準確掌握每個法語單字的讀音。但是，這不代表語音就此學完。學習法語語音的重點在於讀音規則，只有掌握了字母及字母組合的發音規則才能做到正確地讀出每個法語單字。以下我們先了解一些法語語音基本的讀音規則，再具體來學習。

1. 音素、字母、音標

語言有兩種基本表達形式：語音形式和書寫形式。語音形式的最小單位是音素。音素則分為母音和子音。

法語的同一音素，有時可有幾種不同的拼寫方法，即可用不同的字母來表示，同一個字母有時又可有不同的發音。法語一般採用國際音標來註明單字的發音。

2. 子音

子音分為濁子音和清子音。

"清子音"——發音時，聲帶不振動的叫"清子音"。

"濁子音"——發音時，聲帶振動的叫"濁子音"。

3. 音節

法語單字由音節構成，音節中的主體音素是母音，一般說來，一個單字有幾個母音，也就有幾個音節。

開音節和閉音節：開音節是讀音中以母音結尾的音節；閉音節是指讀音中以子音結尾的音節。

4. 重音

法語的重音一般落在單字或字組的最後一個音節上，但要注意的是，法語中重讀音節和非重讀音節的差別並不是很大。

5. 聯誦

在同一節奏組中，前一字字尾如果是原來不發音的子音字母，而後一字以母音開始，則前一子音字母應當發音，並與後面的字首母音合成一個音節。這種現象叫做聯誦。

6. 連音

代詞主語後面的動詞如果是以母音或啞音 "h" 開始，那麼它們必須連音。

7. 省音

少數以母音字母結尾的單音節詞，常和下一字的字首母音合讀成一個音節，而省去字尾的母音字母，這種現象稱為省音。

8. 子音群

法語中經常出現一些兩個或三個、有時甚至四個子音相連的現象。這種結構狀態下的子音，我們稱之為子音群。

一般有兩種情況：

   • 在字首和字中時，和它們後面所跟的母音結合在一起組成一個音節。

   • 在字尾時，自成一個音節。

9. 音節的劃分

   按照讀音，劃分音節的基本規則如下：

   • 一個母音構成一個音節。

   • 兩個母音之間的單子音屬於下一個音節。

   • 相連的兩個子音必須分開。

   • 如有三個子音相連時，前兩個子音屬於上一音節，後一個子音屬於下一音節。

   • 以子音 /l/ 或 /r/ 構成的子音群是一整體，不能分開，但如果 /l//r/ 連接在一起，則必須分開。

10. 法語特有的拼寫符號

   與英語不同，法語的一些母音字母上面有時帶有一些符號，它們分別表示不同的發音。

• 閉音符	´
• 開音符	`
• 長音符	^
• 分音符	¨
• 軟音符	¸
• 省文撇	’
• 連字符	－

法語鍵盤

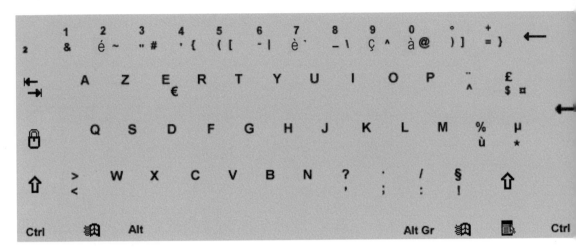

 語音練習　　　　　　　　　　　　　　　 01-03

Boîte	Fanny	Chanel	Elle	Croissants de France
Carrefour	Lacoste	Chapelle	L'Oréal	

Paris	Nice	Lyon	Toulon	Marseille
Bordeaux	Nantes	Toulouse	Cannes	

母音和子音

🎧 02-01

母音	/a/ /ɛ/ /i/ /ə/ /y/ /e/ /u/
子音	/p/ /b/ /t/ /d/ /k/ /g/ /f/ /v/ /s/ /z/ /ʃ/ /ʒ/ /l/ /m/ /n/ /ɲ/ /r/

1. /a/ a

🎧 02-02

　　法語 /a/ 與注音符號ㄚ音相似，但法語 /a/ 音發音時舌位靠前，舌尖緩抵下齒，口型略緊張。

注意：不要卷舌，不要讓該音向開、閉口方向滑動。

2. /ɛ/

　　(1) 發音字母 ai, ei, e

　　(2) e 在相同的兩個子音字母前

　　(3) e 在閉音節中

　　(4) -et 在字尾

　　法語 /ɛ/ 音與 /a/ 音舌位相似，但後者發音時舌尖要平抵下齒，舌前部略隆起，開口度略小於 /a/。

注意：不要把該音與注音符號中的ㄚㄧ混淆，特別注意不要向閉口方向滑動。

3. /i/ i

法語 /i/ 音較緊張，舌尖用力抵下齒內側，舌前部向上抬起，嘴唇扁平，開口度極小氣流從舌面上部衝出，與注音符號一音相似。

4. /ə/ e

(1) e 在單音節字尾

(2) e 在字首開音節中

法語 /ə/ 的舌位和開口度與母音 /ɛ/ 相近，但雙唇須呈圓形，圓唇是關鍵。

注意：舌根不要抬起，否則會發成注音符號ㄜ音。另外圓唇時呈自然狀態，不須過於用力。該音只出現在非重讀音節中。

5. /y/ u

法語 /y/ 的舌位，開口度和肌肉緊張度與母音 /i/ 相近，但雙唇須突出、繃緊呈圓形，與注音符號ㄩ音相似。

6. /e/

(1) 發音字母 é

(2) er, ez 在字尾

(3) es 在少數單音節字中

發 /e/ 音時，舌尖抵住下齒內側，兩嘴角向外略拉開，舌前部略向上抬起，開口度介乎於 /i/ 與 /ɛ/ 之間。

7. /u/ ou

發 /u/ 音時，要求舌向後縮，舌後部向上抬起，舌前部下降，開口度很小，雙唇突出呈圓形，與注音符號ㄨ音相似。

 語音練習 1

va	sait	tête	facile	cas
cale	quel	quête	qui	qu'il
la	lac	lait	laisse	lit
lilas	natte	nasse	net	nef
nid	nique	pas	papa	paix
père	pis	pile	sa	sale
sel	Seine	cil	pic	ta
tate	tel	taie	titi	tic

 語音規則

1. 母音字母 e 在字尾時一般不發音。

2. 如果相同的兩個子音字母在一起，一般合讀成一個音。

3. 法語中子音字母在字尾時一般不發音。但法語有四個子音字母在字尾時一般都要發音，這四個字母是 r, l, f, c。

11

語音練習 2

 02-05

le	petit	ne	fenêtre
ce	tenir	que	lever
me	menait	te	semer

pu	pull	lu	lunettes
su	sur	nu	menu
tu	têtu	fut	fume

venir	usuelle
tenir	Tunisie
petite	punir
revue	menu
se	lu
le	

lis	lutte	nid	nul
mis	mur	kaki	kummel
pile	pull	tic	Turc
si	su	vital	vulcanise

語音規則　　　　　　　　　　 02-06

1. 母音 /ə/ 上一般無重音或長音。

2. 長音

　　法語中規定，在以 /v/ /z/ 結尾的重讀閉音節中，緊接在這些音前的母音要讀長音。

3. 節奏組

　　法語句子可以按照意義和語法劃分為節奏組。節湊組一般以實詞為主體，一切輔助詞都和有關的實詞共同組成節奏組。每個節奏組中只有最後一個音節有重音，叫做節奏重音。

 語音練習 3　　　　　　　　　　🎧 02-07

mes	fée	été	assez	thé	
de	épée	etaler	venez	aller	ses
chez	clé	limiter	parler	répéter	quitter

pou	bout	chou	joue
nous	loup	sous	zou
tout	doux	cou	gout
fou	vous	jouer	zoulou

fit	fée	était	si	ces	sait
mis	mes	mais	qui	quai	quel
lit	les	laid	épis	épée	épais
nid	nez	nait	riz	durer	durait

13

語音規則 02-08

1. 在字尾重讀閉音節中，緊接在 /ʒ/ 音前的母音要讀長音。

2. 注意字母 g 在 a, o, u 和子音字母前發 /g/。

語音練習─子音練習　　　02-09

fil	ville	physique	visite
phare	val	fatal	valse

salle	nasal	casse	case
celle	zèle	vitesse	thèse

char	jars	chat	jamais
chic	gîte	chemise	Genève

gare	car	rase	rage
goût	cou	goûter	couler

rat	ramasse	art	pur
rêve	reste	char	cour
riz	rivage	serre	sire
rue	rustique	tir	miroir

Leçon 03

母音和子音群

🎧 03-01

母音	/œ/ /œ̃/
子音群	/pl/ /kl/ /pr/ /tr/ /rt 清子音 / /gl/ /br/ /gr/ /dr/ /rt+ 濁子音 /

1. /œ/

🎧 03-02

(1) eu

(2) œu

法語 /œ/ 的舌位與開口度與 /ɛ/ 音相同，只是雙唇突出呈圓形。

注意：切忌卷舌。

2. /œ̃/

(1) un

(2) um

法語鼻化音 /œ̃/ 的舌位與開口度與母音 /œ/ 完全一樣，只是氣流同時從口腔和鼻腔衝出。

 語音練習 1　　　　　　　　　　　　　　　 03-03

seul	danseur
meurt	demeure
peur	sapeur
beurre	labeur

un	humble	chacun	quelqu'un
brun	lundi	parfum	commun

 語音規則　　　　　　　　　　　　　　　 03-04

1. 在現代法語中，圓唇鼻化母音 /œ̃/ 有逐步地被 /ɛ̃/ 替代的趨勢。由於兩者之間的區別不是很明顯，著重體會即可。

2. 法語中，字母 h 都是不發音的。但 h 在字首時有兩種不同的情況：

　・啞音 h

　　當字首是啞音 h 時，前面的字和它之間可以有聯誦或省音。

　・噓音 h

　　當字首字母是噓音 h 時，前面的字和它之間就不能有聯誦和省音。

 語音練習 2 — 子音練習　　　　　　　　 03-05

pas	bas	palais	balai
pie	bis	cape	barbe
paix	baie	coupe	courbe

pu	bu	lape	l'abbé
pou	boue	harpe	arbre

tâte	dâte	patte	fade
te	de	latte	salade
bête	dette	vite	vide
tes	des	tête	aide
tir	dire	lutte	rude
tousse	douce	cette	laide

子音群　🎧 03-06

/pl/	pleure	peuple
	Plie	triple
	Plat	Naples
	Plouf	couple

/kl/	claque	
	Claire	cercle
	clique	cycle

/pr/	pris	repris
	près	après
	preuve	épreuve
	âpre	premier
	Prague	pratique

/kr/	craie	secret
	cru	écru
	cri	décrire
	crac	craquer
	crouler	sacre

/tr/	trappe	attraper
	très	trainer
	trou	retrouver
	tripe	étriper
	truc	truquer
	quatre	battre

/r+ 清子音 /	Parthe	partir
	carpe	carpette
	arc	arcade
	cherche	chercher
	marque	marquer
	cirque	circule

/bl/	blatte	table
	blesse	faible

/gl/	glaise	règle
	glisse	sigle

/br/	brave	sabre
	brève	zèbre

/gr/	grève	nègre
	grise	tigre

/dr/	drap	cadre
	dresse	cèdre

/r+ 濁子音 /	barbe	herbe
	parle	merle
	arme	marmite
	charge	serge
	garde	moutarde
	sourde	balourde

母音和半母音

🎧 04-01

母音	/o/ /ø/ /ɔ/ /ɛ̃/ /ã/ /ɔ̃/
半母音	/j/ /ɥ/ /w/

1. /ɛ̃/

🎧 04-02

(1) in im

(2) yn ym

(3) ain aim ein

/ɛ̃/ 的口腔部位與 /ɛ/ 相同，但氣流同時從口腔和鼻腔衝出，成為鼻化母音。

2. /ø/

(1) eu, oeu 在字尾開音節

(2) eu 在 /z/ 及在 /t//d//tr/ 前

發 /ø/ 時，舌位和開口度與 /e/ 相同，但雙唇須伸出呈圓形。

3. /j/

i 或 y 在母音前

-il 在母音後，位於字尾

-ill 在母音後

　　半母音 /j/ 的發音部位和開口度與 /i/ 大致相同，但發音時要求肌肉更緊張，氣流通道更窄，氣流通過時產生摩擦。

4. /o/ o au eau

在字尾開音節中

在 /z/ 音前

發 /o/ 時，舌後縮，開口度明顯小於 /ɔ/，但略大於 /u/，雙唇伸出呈圓形。

5. /ɔ/

在字中

除 /z/ 外的閉音節中

au 在少數字中

發 /ɔ/ 時，舌尖離開下齒，舌略向後縮，雙唇伸出呈圓形。

6. /ɔ̃/ on om

法語 /ɛ̃/ 音的發音要求舌尖離開下齒，舌略向後縮，口型與發 /ɔ/ 時相同，氣流同時從口腔和鼻腔外出。

7. /ɑ̃/

an am

en em

法語鼻化音 /ɑ̃/ 的發音部位近似於 /a/，但舌要略向後縮，開口度略大，氣流同時從口腔和鼻腔外出。

8. /ɥ/ 字母 u 在母音前

半母音 /ɥ/ 是與母音 /y/ 相對應的半母音，發音時口腔肌肉緊張。

9. /w/

ou 在母音前

w 在少數字中

它的發音與漢語 "握" 相似，但雙唇突出呈小圓形，發音器官較緊張，氣流通道較窄，氣流通過時產生摩擦。這類音素後隨母音時，二者合成一個音節，發音時從半母音迅速過渡到作為音節主體的母音。由於該類音素發音時聲帶振動，具有母音性質，但同時又帶有子音特有的摩擦，因此被稱為半母音。

 語音練習 1 04-03

oui	moi	moîte	ouate	poil
soie	toi	soi	mouette	noix
quoi	loi			

lin	timbre	geint	bain	point
vin	simple	teint	main	coin
fin	symbole	peint	faim	foin
pain	impaire	feint	daim	loin
matin	imbu	rein	nain	soin

deux	ceux	feu	bleu
noeud	eux	boeuf	jeux
voeu	émeute	heureux	heureuse

hier	paille	amitié	
fière	Vienne	taille	soulier
pierre	bière	maille	étudiant
tiers	d'hier	semaille	travailler

bille	famille	cille	fille
pille	cédille	brille	Bastille

billet	millet	piller	prier
ouvrier	crier	pillage	faillite

 語音練習 2 04-04

beau	bord	mot	mort
tort	dors	nos	notre
l'eau	lors	vos	votre

dos	ose	tôt	chaude	eau	tableau
mot	chose	notre	faute	peau	metallo
son	ton	ponton	note	nom	
bonbon	conte	songe	fond	nombre	
tronc	fonction	jonction	long	longue	

語音練習 3

04-05

pan	pente	tranche	tranchant
temps	tempe	chant	chanter
lent	lampe	tante	trente
dans	danse	membre	chambre

tua	sua	nuage	tuer	diluer
duel	manuel	mutuel	saluer	saluez
puer	buée	nuée		

huit	suite	huile	ruine
puis	puisque	réduit	buis
nuit	tuile	aujourd'hui	

第二單元

課文

Leçon 05

Se saluer 問候

重點句型、語法　　　　　　　　　　🎧 05-01

1. Comment allez-vous?　您好嗎？
2. Où allez-vous?　　　　您去哪裡？
3. Je m'appelle...　　　　我的名字叫……
4. 疑問句的構成
5. 所有形容詞

Dialogue 對話　　　　　　　　　　🎧 05-02

Justine: Bonjour, Vincent.

Vincent: Bonjour Justine. Ça va?

Justine: Oui, ça va. Merci, et toi?

Vincent: Moi aussi. Merci. Et elle, qui est-ce?

Justine: Elle, c'est ma voisine. Elle s'appelle Hélène. Elle est étudiante.

Hélène, c'est mon camarade. Il s'appelle Vincent.

Hélène: Bonjour, Vincent. Enchantée.

Vincent: Enchanté.

Justine: Enfin, où vas-tu?

Vincent: Je vais à la bibliothèque avec mon ami. Il m'attend là. Alors, au revoir.

Justine et Hélène:　Au revoir.

對話

J： 你好，Vincent。

V： 你好，Justine。你好嗎？

J： 我很好。謝謝。你呢？

V： 我也很好。謝謝。她是誰？

J： 她是我的鄰居。她叫 Hélène。她是學生。
Hélène，這是我的同學，他叫 Vincent。

H： 你好，Vincent。很高興認識你。

V： 我也很高興。

J： 對了，你去哪裡？

V： 我和朋友去圖書館。他在那裡等我。那麼，再見。

J 和 H： 再見。

Vocabulaire 詞彙

🎧 05-03

bonjour	你好	qui	誰
ça	這	ma,mon	我的
va,vas	去（動詞 aller 的變位）	voisin,e	鄰居
aller	去	s'appelle	名字叫 (動詞 S'appelle 的變位)
oui	是的	étudiant,e	學生
merci	謝謝	camarade	同學
et	和	enchanté,e	高興的
toi	你（tu 的重讀形式）受詞	attendre	等待

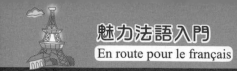
aussi	也	enfin	終於
là	那兒	où	哪裡
au revoir	再見		

 Grammaire 文法　　　🎧 05-04

1. 人稱代詞

　　一般放在謂語動詞前作句子的主語，用來指代已知的或上文提及的人或物。

　　法語中的主語人稱代詞如下：

je	我	nous	我們
tu	你	vous	你們 / 您們 / 您
il	他	ils	他們
elle	她	elles	她們

註：

　　人稱代詞 vous 既可以指代複數意義 "你們" 或尊稱 "您們"，但同時也具有單數的尊稱 "您" 的意義。在閱讀句子的時候要注意。

例：

Vous êtes étudiant?　　您是學生嗎？

Vous êtes Françaises?　　你們 / 您們是法國人嗎？

2. 動詞變化

aller	s'appeler
je vais	je m'appelle
tu vas	tu t'appelles
il va	il s'appelle
elle va	elle s'appelle
nous allons	nous nous appelons
vous allez	vous vous appelez
ils vont	ils s'appellent
elles vont	elles s'appellent

être	attendre
je suis	j'attends
tu es	tu attends
il est	il attend
elle est	elle attend
nous sommes	nous attendons
vous êtes	vous attendez
ils sont	ils attendent
elles sont	elles attendent

3. 動詞解析

Aller

(1) 問候時，表示身體好不好

- — Comment vas-tu? 你好嗎？　　— Je vais bien. 我很好。
- — Ça va? 你好嗎？　　　　　　— Oui, ça va bien. 是的，我很好。

(2) 表示"去"

aller à + 地點

aller au théâtre　　去劇院

aller au bureau　　去辦公室

aller au restaurant　去餐廳

4. 法語中的疑問句

(1) 提問——特殊疑問句

在學習特殊疑問句的構成時先要了解法語中的疑問詞，如：

疑問代詞　qui　que

疑問形容詞　quel(s)　quelle(s)

疑問副詞　comment　quand　où　pourquoi　combien

(2) 特殊疑問句可以有兩種構成方式

- 特殊疑問詞 + 謂語動詞 + 主詞？

  例：Où allez-vous?　　　　您去哪裡？

- 特殊疑問詞 + 助動詞 + 主詞 + 謂語動詞？

  例：Où est-ce que vous allez?　您去哪裡？

註：est-ce que 為助動詞，這是一個整體，不能拆分，也不能任意改變書寫形式。

5. 所有形容詞

法語中的主有形容詞，放在名詞前，表達所屬關係。

	陽	陰	複數
我的	mon	ma	mes
你的	ton	ta	tes
他的 / 她的	son	sa	ses

例： mon père 我的父親

　　 ma mère 我的母親

　　 mes parents 我的父母

6. 法語中的直接受格代詞

對話中 Il m'attend là. 此句中 m' 是直接受格代詞 me 和動詞 attend 省音後的形式。法語中直接受格代詞分直接直接受格和間接直接受格兩類，一般直接受格代詞的位置放在相關動詞前。（直接受格代詞不作本課的語法學習內容，只作了解，在句中能理解即可。）

日常句式補充

- 見面問候

    (1) — Ça va?/ Comment ça va? 你好嗎？

    　　— Oui, ça va. / ça va bien. 我很好。

    (2) — Comment allez-vous? 您好嗎？

    　　— Oui, je vais bien. 是，我很好。

- 初次見面寒暄語

    (1)Bonjour ! 　　　　　　　你好!

    (2)Bonsoir ! 　　　　　　　晚安！／晚上好!

    (3)Enchanté. / Enchantée. 　很高興認識你。

一、 動詞變化

avoir   je＿＿＿＿   ils＿＿＿＿

présenter nous＿＿＿＿   elles＿＿＿＿

faire   tu＿＿＿＿   vous＿＿＿＿

aller   il＿＿＿＿   elles＿＿＿＿

s'appeler tu＿＿＿＿   vous＿＿＿＿

二、 主有形容詞填空

＿＿＿（我的）amie   ＿＿＿（你的）camarade

＿＿＿（他的）livre   ＿＿＿（她的）table

＿＿＿（你的）nom   ＿＿＿（我的）téléphone

＿＿＿（她的）adresse   ＿＿＿（他的）sac

三、 將短文內容填寫完整

—＿＿＿＿＿＿, Thomas.

— Bonjour, Sophie. ＿＿＿＿＿＿?

— Oui, ça va bien. Où vas-tu?

—＿＿＿＿＿＿＿＿＿. Et toi?

— Moi aussi. On y va ensemble.

— D'accord.

四、 選擇題

1. — Bonjour, je m'appelle Julie._____?

    A au revoir   B merci

    C salut   D Et vous

2. — Où vas-tu, Pierre? -_____.

    A Je suis désolé.   B A demain.

    C Je vais au cinéma.   D Moi aussi.

3. Elle s'appelle Irène. C'est _____soeur.

    A ma   B mon

    C ta   D son

4. — Quel est _____nom, madame?

    A ton   B mon

    C notre   D votre

5. — Thomas, je te présente mes parents.

   — _____.

    A D'accord.   B Merci

    C Enchanté   D Au revoir.

五、 翻譯下列句子

1. 你好，我叫賽麗娜。我是中國人。

_____

2. 我和我同學一起去圖書館，你呢？

_____

3. 我喜歡說法語。

_____

4. 您好，很高興認識您。

_____

5. ——你去哪裡？

　　——我去學校。你呢？

　　——我也是，我們一起去吧。

　　——好的。

_____

解答

一、
ai　　　　ont
présentons présentent
fais faites
va　vont
t'appelles vous appelez

二、
mon　　ton
son　　sa
ton　　mon
son　　son

三、
Bonjour
ça va ?
Je vais à la bibliotheque.

四、
d　c　a　d　c

Leçon 06

Se présenter
自我介紹

重點句型、語法　　　　　　　　　　　🎧 06-01

1. Je vous présente...　　　　　　　　我向您 / 你們介紹……
2. Vous avez quel âge?　　　　　　　　您幾歲？
3. Qu'est-ce que vous faites dans la vie?　您是做什麼的？
4. Je suis heureux de...　　　　　　　　很高興……
5. 重讀人稱代詞

Dialogue 對話　　　　　　　　　　　🎧 06-02

(Dans l'appartement)

Justine:　　　　　　Bonsoir, Phillipe.

Phillipe:　　　　　　Bonsoir, Justine. Ça va?

Justine:　　　　　　Oui,je vais bien. Merci, et toi?

Phillipe:　　　　　　Moi aussi.

Justine:　　　　　　Et papa,maman, je vous présente Phillipe.

　　　　　　　　　　Phillipe, je te présente mon père.

Pere de Justine:　　Enchanté, Phillipe. Vous avez quel âge?

Phillipe:　　　　　　Enchanté. J'ai 26 ans.

Justine:　　　　　　Et ma mère.

Mere de Justine:　Je suis très heureuse de vous connaître.Dites donc, qu'est-ce
　　　　　　　　　　que vous faites?

Phillipe: Je travaille dans une banque. Excusez-moi.

Pere de Justine: Il a l'air gentil.

對話

(在公寓)

J： 你好，Phillipe。

P： 你好，Justine。你好嗎？

J： 我很好。謝謝。你呢？

P： 我也很好。

J： 爸爸，媽媽，我向你們介紹 Phillipe。Phillipe，我向你介紹我爸爸。

　　Justine 父親：很榮幸認識您，Phillipe。您幾歲？

P： 我也很榮幸。我 26 歲。

J： 這是我媽媽。

Justine 母親： 很高興認識您。話說回來，您的職業是什麼？

Phillipe ： 我在銀行工作。抱歉，失陪一下。

Justine 父親： 他看起來很親切。

Vocabulaire 詞彙　　　　　 06-03

moi	我	heureux, se	幸福的
appartement	公寓	connaître	認識
présenter	介紹	travailler	工作
père	父親	dans	在 …… 裡面
mère	母親	banque	銀行
quel, le	哪一個，哪一類	excuser	對不起

âge	年齡	Excuse(z)-moi.	請你（您）原諒我。
an	年，歲	air	神情
très	非常	avoir l'air	看上去，似乎
gentil, le	和藹的，親切的	faire	做

 Grammaire 文法 06-04

1. 動詞變化

connaître	présenter
je connais	je présente
tu connais	tu présentes
il connaît	il présente
elle connaît	elle présente
nous connaissons	nous présentons
vous connaissez	vous présentez
ils connaissent	ils présentent
elles connaissent	elles présentent

excuser	travailler
j'excuse	je travaille
tu excuses	tu travailles
il excuse	il travaille
elle excuse	elle travaille
nous excusons	nous travaillons

vous excusez	vous travaillez
ils excusent	ils travaillent
elles excusent	elles travaillent

faire	
je fais	nous faisons
tu fais	vous faites
il fait	ils font
elle fait	elles font

2. 動詞解析

présenter 介紹

présenter qn. à qn. 把……介紹給……

例：Je présente Vincent à mes parents.

我向我的父母介紹 Vincent.

Je vous présente mon camarade.

我向你們介紹我的同學。

Je te présente à mes amis.

我把你介紹給我的朋友們。

3. 常用句型

(1) 關於年齡的提問

— Quel âge avez-vous? 您幾歲？

— J'ai _____ an(s).

(2) 關於職業的提問

　　— Qu'est-ce que vous faites dans la vie?　　您是做什麼的？

　　— Je suis professeur.　　我是老師。

(3) être heureux de...　很高興……

　　Je suis heureux de parler français.　　我很高興說法語。

　　Nous sommes très heureux d'aller en France.　我們很高興去法國。

4. 重讀人稱代詞

法語中的八個主詞人稱代詞有對應的重讀形式：

je → moi	nous → nous
tu → toi	vous → vous
il → lui	ils → eux
elle → elle	elles → elles

重讀人稱代詞的用法：

1. 在句首作主詞的同位語，具強調作用（可以省略），例：

　　Toi, tu es français.　　你，你是法國人。

2. 用於無動詞的省略句中，例：

　　J'ai 20 ans, et toi?　　我 20 歲，你呢？

3. 介詞後使用，例：

　　Ce livre, c'est à moi.　　這本書是我的。

4. 在 c'est 後面作表語，例：

　　— C'est Jacques?　　—是 Jacques 嗎？

　　— Oui, c'est lui.　　—是，是他。

日常句式補充

- 介紹他人

06-05

1. C'est ...	這是……
C'est Julie.	這位是 Julie。
2. Il s'appelle ...	他叫……
Elle s'appelle...	她叫……
Il s'appelle Laurent.	他叫 Laurent。
3. Son nom, c'est ...	他 / 她的姓是……
Son prénom, c'est...	他 / 她的名字是……
4. Je te présente...	我向你介紹……
Je vous présente...	我向您 / 你們介紹……
Je te présente mes parents.	我給你介紹我的父母。

- 關於職業的表達

1. Qu'est-ce que vous faites dans la vie?	您從事什麼工作？
2. Quelle est votre profession?	您的職業是什麼？
Quel est ton métier?	你的專業是什麼？
3. Quelle est, ta profession?	你的職業是什麼？

一、動詞變化

faire	je _____	ils _____
travailler	nous _____	elles _____
connaître	tu _____	vous _____
excuser	il _____	elles _____
présenter	tu _____	vous _____

二、用合適的重讀人稱填空

1. —C'est toi, Pascal? -Oui, c'est _____.

2. Moi, je suis professeur, et _____, il est mannequin.

3. Phillipe et _____, nous sommes très heureux de vous connaître.

4. — Ça va?

   — Oui, ça va. Et _____?

   —_____ aussi.

三、配對

_____1. C'est quoi, votre prénom?

_____2. Pascal, c'est mon amie, Julie.

_____3. Tu as quel âge?

_____4. Il est mannequin, c'est ça?

_____5. Je suis très heureuse de vous connaître.

a. Moi aussi.

b. J'ai 25 ans.

c. Oui, c'est vrai.

d. Mon prénom, c'est Pierre.

e. Enchanté.

四、選擇題

1. —Bonsoir , je m'appelle Claudia._____?

    A　C'est que, ton nom?　　　B　Comment s'appelle-t-il?

    C　Et lui?　　　　　　　　　D　Quel est votre prénom?

2. —Quelle est votre adresse? -_____.

    A　Rue du Carrefour.　　　　B　Au cinéma.

    C　Je suis étudiant.　　　　　D　Moi aussi.

3. Je vous _____ mes copains.

    A　présentez　　　　　　　　B　présenter

    C　présente　　　　　　　　　D　présentes

4. —C'est chez toi, ici?　Oui, c'est _____.

    A　moi　　　　　　　　　　B　chez toi

    C　toi　　　　　　　　　　　D　chez moi

5. —_____?

    — Elle a 19 ans.

    A　Quelle âge a elle?　　　　B　Quel âge avez-vous?

    C　Quel âge a-t-elle?　　　　D　Elle a quel âge?

五、翻譯下列句子

1. 您的孩子多大了？

   他今年 10 歲。

2. 本書是 Claudia 的。

3. 我們很高興去度假。

4. 我向你們介紹我哥哥。

5. ──對不起，請問他是做什麼的？

   ──他是記者。

   ──他在這兒工作嗎？

   ──是的，他在這兒工作。

解答

一、

fais   font

travaillons   travaillent

connais   connaissez

excuse   excusent

présentes   présentez

二、

moi

lui

moi

toi

moi

三、

d e b c a

四、

d a c d c

Leçon 07

Le temps 天氣

重點句型、語法

07-01

1. — Quel temps fait-il?　今天天氣怎麼樣？

　　— Il fait...　　　　　　今天天氣 ...

2. Si... 條件從句

3. 法語的否定句表達

4. 泛指人稱代詞 on

5. 第一組規則動詞的變位形式

Dialogue 對話   🎧 07-02

Au café

Justine: Demain, c'est samedi. Qu'est-ce qu'on fait? On va à la plage?

Claudia: S'il fait beau, on va à la plage. J'aime le soleil.

Justine: Et moi aussi. S'il y a du vent, c'est agréable.

Claudia: Mais s'il ne fait pas beau, on va où?

Justine: S'il pleut, je préfère rester dans la maison.

Claudia: Non, on fait des courses, d'accord? Le magasin n'est pas loin.

Justine: D'accord. J'ai besoin d'acheter un cadeau pour ma mère.

Claudia: C'est pour quoi?

Justine: Le 5 décembre, c'est son anniversaire.

Claudia: Ah, c'est pour son anniversaire.

Justine: Oui, et je t'attends à 10h, tu es d'accord?

Claudia: Bon, d'accord. A demain.

Justine: A demain.

對話

在咖啡館

J： 明天是星期六。我們做什麼呢？去海灘？

C： 如果天氣好，我們就去海灘。我喜歡陽光。

J： 我也是。如果有風，就很舒服。

C： 但如果天氣不好，我們去哪裡呢？

J： 如果下雨，我更喜歡待在家裡。

C： 不行。我們去逛街，怎麼樣？商店也不遠。

J： 好吧。我需要為我媽媽買一份禮物。

C： 為什麼？

J： 12月5日是她的生日。

C： 啊，是為了她的生日呀。

J： 是，10點我等你。行嗎？

C： 好的，那明天見。

J： 明天見。

Vocabulaire 詞彙

 07-03

demain	明天	agréable	舒適的
samedi	星期六	mais	但是
on	我們，大家	pleuvoir	下雨
plage	海灘	préférer	更喜歡
beau	好，漂亮的	rester	停留
aimer	喜歡	maison	家，房子
soleil	陽光	faire des courses	購物

si	如果	d'accord	同意
il y a	有	magasin	商店
vent	風	loin	遠
avoir besoin de	需要	cadeau	禮物
acheter	購買	pour	為
anniversaire	生日		

 Grammaire 文法 07-04

1. "er" 結尾的第一組規則動詞

　　法語中以 "er" 結尾的第一組規則動詞（aller 除外），其直陳式的變化有一定的規律，即去掉動詞原形中的字尾 "er" ，再根據主語人稱代詞加上對應的字尾，則構成了第一組動詞的變化形式。

例：

aimer	
j'aim**e**	nous aim**ons**
tu aim**es**	vous aim**ez**
il aim**e**	ils aim**ent**
elle aim**e**	elles aim**ent**

註：但由於發音等原因，有一些第一組動詞在變位時，有個別人稱的動詞變位有一些特殊性。

例：

acheter	préférer
j'achète	je préfère
tu achètes	tu préfères
il achète	il préfère

elle achète	elle préfère
nous achetons	nous préférons
vous achetez	vous préférez
ils achètent	ils préfèrent
elles ahètent	elles préfèrent

2. 常用句型

(1) 天氣的表達

— Quel temps fait-il aujourd'hui?　今天天氣怎麼樣？

— Il fait beau / mauvais.　天氣晴朗／天氣糟糕

— Il fait chaud / froid.　天熱／天冷

— Il y a du soleil, du vent.　有太陽，颱風。

— Il pleut.　下雨。

— Il neige.　下雪。

(2) 條件從句 Si... 如果……

Si 引導的條件從句後面用直陳式現在式，主句可以用直陳式現在式或命令式。例：

S'il fait beau demain, je vais au concert.　如果明天天氣好，我去聽音樂會。

Si tu aimes le sport, viens avec moi.　如果你喜歡運動，跟我來吧。

(3) 無人稱句式：il y a 有

法語中的 il y a 表示"有"、"存在"，可以接可數名詞也可以接抽象名詞，其形式不變。例：

Il y a des étudiants dans la classe.　教室裡有一些學生。

Il y a une lettre sur la table.　桌上有一封信。

3. 法語中的否定句

· 法語中的否定形式通常是把副詞短語 **ne ...pas** 放在變位動詞兩邊，例：

Il ne fait pas beau.　　天氣不好。

Je ne suis pas contente.　我不高興。

註：口語中 ne 經常被省略，但是 pas 一定要保留。

Je sais pas. (即 Je ne sais pas.)　我不知道。

· 法語中 "零數量" 的表達：**ne...pas de...**

在法語中，否定句中，直接受格前的不定冠詞需用介詞 "de" 替代，

例：Il n'y a pas d'étudiants dans la classe.　　教室裡沒有學生。

Je n'ai pas de frères.　　　　　　　　我沒有兄弟。

On ne donne pas de cadeaux.　　　　　我們不送禮物。

4. 泛指人稱代詞 on

法語中除了我們在第一課提到的八個主詞人稱外，還有一個泛指人稱代詞 on，不過 on 在口語中使用較為廣泛。

"on" 的意義為 "我們"、"大家"，但後面的謂語動詞同第三人稱的變位形式，例：

On aime le français.　　我們喜歡法語。

On est Taiwanais.　　　我們是台灣人。

5. 介詞 pour

(1) 後接對象 C'est pour ma mère.　　　　　　這是給我媽媽的。

(2) 後接目的 C'est pour acheter un cadeau.　　這是為了買一份禮物。

日常句式補充

🎧 07-05

- 關於具體時間的表達：

  — Quelle heure est-il?　　　　現在幾點了？

  — Il est _____ heure(s).

  Il est cinq heures et demie.　現在 5 點半。

  Il est six heures vingt.　　　現在 6 點 20 分。

- 關於日期的表達：

  — Quel jour sommes-nous?　　今天幾號？

  — Nous sommes le 4 octobre.　今天 10 月 4 日。

  — C'est le combien?　　　　　今天幾號？

  — C'est le jeudi, 6 janvier.　　今天 1 月 6 日，星期四。

- 表達喜歡：

  J'aime beaucoup le français.　我非常喜歡法語。

  J'adore voyager.　　　　　　我非常喜歡旅行。

  Je préfère le café.　　　　　　我比較喜歡咖啡。

一、動詞變化

adorer	je _____	ils _____
préférer	nous _____	elles _____
habiter	tu _____	vous _____
acheter	il _____	elles _____
faire	tu _____	vous _____

二、寫出下列時間表達

12 月 4 日_____   7 月 1 日_____

3 月 21 日_____   10 月 8 日_____

10 點 49 分_____   4 點半_____

19 點 33 分_____   6 點三刻_____

9 點一刻_____

三、找出下列句子中的錯誤

1. Je suis une étudiante.

2. C'est février le 3, mardi aujourd'hui.

3. Je suis 25 ans.

4. Lui, elle s'appelle Julie.

5. Il y a des lettre sur le bureau.

6. Maintenant, il est sept heure et un demi.

7. S'il pleut, je reste chez moi.

8. Je n'ai pas un problème.

四、閱讀

Jacques mange beaucoup d'oranges.

Paul: Combien en as-tu mangé?

Jacques: Sept.

Paul: Tu dis?

Jacques: Je dis sept.

Paul: Dix-sept !

Jacques: Non, sans dix.

Paul: Cent dix !

Jacques: Non, sans dix !... Sept !

Paul: Cent dix-sept !

Jacques: Non, sept, sans dix !

Paul: Sept cent dix !

Jacques: Mais non, je dis sept sans dix, sept !

Paul: Dix sept cent dix sept !

Jacques: Allez , tu me fatigues !

解答

一、

J'adore adorent
préférons préfèrent
habites habitez
achète achètent
fais faites

二、

le quatre décembre
le premier juillet
le 21 mars
le huit octobre
dix heures quarante-neuf/onze heures moins onze
quatre heures trente/quatre heures et demie
dix-neuf heures trente-trois/vingt heures moins vingt-sept
six heures quarante-cinq/sept heures moins le quart
neuf heures et quart/neuf heures quinze

三、

1. Je suis étudiante. 去掉冠詞 une
2. C'est le mardi 3 février aujourd'hui.
3. J'ai 25 ans
4. Elle, elle s'appelle julie.

5. Il y a des lettres sur le bureau.
6. Maintenant, il est sept heures et demie.
7. S'll pleut, je reste chez moi.
8. Je n'ai pas de problème.

Leçon 08
Demander son chemin
問路

重點句型、語法 08-01

1. 命令式的表達

2. 序數詞的構成

3. Où est ...?　　　……在哪裡？

4. Pour aller à...?　　到……怎麼走？

5. 部分表方位的介詞

Dialogue 對話 08-02

Dans la rue

— Excusez-moi, monsieur, Où est la poste?

— Allez tout droit, et vous prenez la deuxième à gauche, puis vous continuez jusqu'au café. La poste est à côté du café.

— C'est loin d'ici?

— Oh non, C'est à cinq minutes.

— Merci.

En voiture

— Pour aller au supermarché, s'il vous plaît?

— Vous êtes en voiture?

— Non, à pied. Il y a un supermarché Carrefour près d'ici?

— Oui, vous traversez la place, le Carrefour est entre la banque et le restaurant.

— Je vous remercie.

— De rien.

對話

在街上

— 勞駕，先生，請問郵局在哪兒？

— 您筆直走，走左邊第二條街，然後您繼續走到一家咖啡館。郵局就在咖啡館隔壁。

— 離這兒遠嗎？

— 不，離這兒 5 分鐘。

— 謝謝。

開車

— 請問去超市怎麼走？

— 您開車是嗎？

— 不，我步行。這附近有家樂福嗎？

— 有，您穿過這個廣場，家樂福就在銀行和餐廳中間。

— 非常感謝。

— 不客氣。

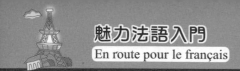

Vocabulaire 詞彙 08-03

dans	在	à côté de	在 …… 隔壁，旁邊
rue	街	voiture	汽車
monsieur	先生	supermarché	超市
pardon	對不起	s'il vous plaît	請
poste	郵局	pied	腳
aller tout droit	直走	à pied	步行
prendre	取（道）	par	從，透過
deuxième	第二	traverser	穿過
gauche	左邊	place	廣場
puis	然後	entre	在 …… 中間
continuer	繼續	banque	銀行
jusqu'à	直到	restaurant	餐廳
café	咖啡館	remercier	感謝
de rien	不客氣		

 Grammaire 文法 08-04

1. 動詞變化

prendre	continuer
je prends	je continue
tu prends	tu continues
il prend	il continue
nous prenons	nous continuons
vous prenez	vous continuez
ils prennent	ils continuent

traverser	remercier
je traverse	je remercie
tu traverses	tu remercies
il traverse	il remercie
nous traversons	nous remercions
vous traversez	vous remerciez
ils traversent	ils remercient

2. 命令式

命令式可以用來表示命令、請求、建議等。構成命令式只有動詞的第二人稱複數，第一人稱複數以及第二人稱單數的變位形式，同時去掉主詞人稱代詞即可。

例： Prenez la deuxième à gauche.　　您走左邊的第二條街。

Parlez plus fort, s'il vous plaît.　　請大聲一點。

常用的幾組表達：

Excuse-moi.	Excusez-moi.	請原諒（不好意思）。
Assieds-toi.	Asseyez-vous.	請坐。
Entre.	Entrez.	請進。
Dépêche-toi.	Dépêchez- vous.	趕緊。

註：三個動詞的特殊性

être, avoir 和 savoir 的命令式有特殊性：

être	sois	soyons	soyez
avoir	aie	ayons	ayez
savoir	sache	sachons	sachez

例：

　　Soyez courageux.　　要有勇氣。

　　Ayez confiance.　　要有信心。

3. 法語中的序數詞

序數詞的構成方式，即在基數詞後面加 "ième"，例：

six → sixième　　　　trois → troisième

序數詞在構成時也有個別特殊性，但對於初級學員建議掌握 1 ～ 10 即可，在實際閱讀文章時能夠辨認序數詞即可。

un → premier, première	deux → deuxième
trois → troisième	quatre → quatrième
cinq → cinquième	six → sixième
sept → septième	huit → huitième
neuf → neuvième	dix → dixième

4. 了解一些方位介詞片語

à gauche / à droite　在左邊 / 在右邊	
à côté de　在 …… 隔壁	près de　在 …… 附近
entre　在 …… 中間	loin de　遠離 ……

日常句式補充

08-05

- 問路的表達

    (1) Où est...?

       Où se trouve...?　　　　　……在哪裡？

    (2) aller tout droit　　　　　直走

       continuer tout droit　　　繼續直走

    (3) tourner à gauche　　　　向左轉

       tourner à droite　　　　　向右轉

    (4) pour aller à... s'il vous plaît?　請問到……怎麼走？

    (5) traverser la rue　　　　　穿過這條街

       traverser la place　　　　穿過廣場

- 表示感謝

    Merci beaucoup.　　　　　非常感謝。

    Je te remercie.　　　　　　謝謝你。

    De rien.　　　　　　　　　不用謝。

    A votre service.　　　　　　不客氣。

    Il n'y a pas de quoi.　　　　沒什麼。

一、動詞變化

prendre	je_____	ils _____
continuer	nous _____	elles _____
avoir	tu _____	vous _____
excuser	il _____	elles _____
traverser	tu _____	vous _____

_____ (s'asseoir), s'il vous plaît.

_____ (entrer), je vous en prie.

二、請寫出下列數詞的序數詞

douze_____   cent _____

huit_____   cinq _____

un _____   neuf _____

vingt _____   trois _____

seize _____

三、將短文內容填寫完整

— _____ au cinéma, s'il vous plaît?

— Vous _____tout droit, et puis vous _____la troisième rue _____gauche.

— C'est _____ici?

— Non, c'est _____10 minutes d'ici.

— Merci beaucoup.

— _____.

四、選擇題

1. —_____, madame. Où est la banque?

    A Excuse-moi   B merci   C Excusez-moi   D s'il vous plaît

2. — Où habitez-vous? -J'habite au _____étage.

    A unième   B deuxième   C troisième   D cinqième

3. Allez tout droit ! La poste se trouve _____la bibliothèque et le théâtre.

    A à côté de   B pour   C jusqu'à   D entre

4. C'est pas loin d'ici. C'est _____15 minutes _____pied.

    A à,à   B en,à   C de en   D à, en

5. — Je vous remercie.

    — _____.

    A D'accord.   B Non merci.   C Rien.   D Pas de quoi.

五、翻譯下列句子

1. 現在是四點四十五分。

2. 今天是 9 月 10 日。

3. 家樂福離這兒不遠。

4. 如果天氣好，你走路去學校。

5. ——請問去餐廳怎麼走？

    ——您直直往前，然後穿過皮埃爾大街。餐廳就在郵局隔壁。

    ——距離這兒遠嗎？

——不遠。大約 10 分鐘。

——非常感謝。

——不用謝。

解答

一、

prends prennent
continuons continuent
as avez
excuse excusent
traverses traversez
Asseyez-vous
Entrez

二、

douzième centième
huitième cinquième
premier neuvième
vingtième troisième
seizième

三、

Pour aller
allez, prenez, à
loin d'
à
De rien

四、

c b d a d

La circulation 交通

重點句型、語法

1. Je voudrais...　　　我想要……
2. Il faut....　　　　應該，必須……
3. Quelle destination?　終點站是哪裡？
4. Ça fait combien?　　價格是多少？
5. 最近將來式 + 最近過去式

Dialogue 對話

A la gare

Le client: Bonjour, je voudrais acheter des billets de train, s'il vous plaît.

L'employé: Oui, monsieur. Pour quelle destination?

Le client: Eh bien, il me faut un aller-retour Paris-Lille, avec un départ le mercredi 15 au matin et un retour le vendredi 17 au soir. Je vais faire un voyage avec ma famille.

L'employé: Alors, vous avez un TGV toutes les demi-heures, entre 6 heures et 9 heures au départ de Paris. Et pour le retour, vous avez un TGV toutes les heures à partir de 15 heures.

Le client: Bon, d'accord.

L'employé: Première ou seconde?

Le client: Seconde.

Le client: Ça fait combien?

L'employé: Alors, cela fait 95 euros.

對話

在火車站

顧客：你好，我想要買幾張火車票。

職員：好的，先生。是到哪裡的？

顧客：我想要巴黎和里爾之間的來回票，15 日週三早上出發，17 日週五晚上回來。我打算和家人去旅行。

職員：從巴黎出發，您可以坐在 6 點至 9 點之間每半小時一次的特快車，返回時，您可以坐下午三點後的每一小時一個班次的車。

顧客：好的。

職員：需要一等車廂還是二等車廂的票？

顧客：請給我二等車廂的票。

顧客：總共多少錢？

職員：總共 95 歐元。

Vocabulaire 詞彙   09-03

vouloir	想，要	voyage	旅行
billet	票	famille	家庭
train	火車	TGV	特快車
destination	到達站	tout	所有的，一切的
falloir	應該，必須	retour	回程
aller-retour	來回車票	à partir de	從 …… 開始
départ	出發	seconde	經濟艙，第二的
matin	早上	fumeur	吸煙區
soir	晚上	non-fumeur	不吸煙的
mercredi	星期三	euro	歐元
vendredi	星期五		

 Grammaire 文法   09-04

1. 動詞變化

vouloir	voyager
je veux	je voyage
tu veux	tu voyages
il veut	il voyage
elle veut	elle voyage
nous voulons	nous voyageons
vous voulez	vous voyagez
ils veulent	ils voyagent
elles veulent	elles voyagent
(je voudrais)	

falloir
il faut
(il faudrait)

2. 動詞解析

vouloir 想，要

vouloir 與 pouvoir 是法語中的兩個常用的情態動詞，je voudrais 是動詞 vouloir 的條件式現在式的變位，表達婉轉的語氣。

vouloir 的用法

(1) 後接名詞

Je veux des bonbons.　　　　我想要一些糖果。

Elles veulent des fleurs.　　　她們想要一些花。

(2) 後直接跟動詞

— Vous voulez acheter des billets de train?　　您想要買火車票嗎？

— Oui, jén ai besoin, s'il vous plaît.　　　　是的，麻煩您。

3. 疑問形容詞 quel

quel 的形式	陽性單數 quel	陰性單數 quelle
	陽性複數 quels	陰性複數 quelles

(1) Quel est + 名詞？

Quelle est votre profession?　　　　您的職業是什麼？

Quelle est ton adresse?　　　　　　你的地址是什麼？

(2) Quel + 名詞 + 助動詞

Quel âge as-tu?　　　　　　　　　你幾歲？

À quel étage est-ce que tu habites?　你住幾樓？

4. 最近將來式

　　動詞 aller 在法語中可作助動詞，構成最近將來式，表示打算，將要做某事。

aller + 動詞原形

Je vais aller à l'école.　　　　　我打算去學校。

Ils vont aller à l'hôtel.　　　　他們將去旅館。

5. 最近過去式

　　動詞 venir 在法語中可作助動詞，構成最近過去式。表示剛剛做某事，在漢語中可譯作 "剛剛，已經，才"。

最近過去式構成為 venir de + 動詞原形

Je viens d'aller au cinéma.　　　我剛剛看了電影。

Il vient de manger.　　　　　　　他剛吃過。

6. 法語中的所屬關係的表達

(1) 動詞 avoir "有"

J'ai un livre.	我有一本書。
Il a une lettre.	他有一封信。

(2) 所有形容詞

C'est mon ami.	這是我的朋友。
C'est votre passeport.	這是您的護照。

(3) 介詞 "de"

C'est la chambre de Julie.	這是 Julie 的房間。
C'est le bureau du nouveau stagiaire.	這是新來的實習生的辦公桌。

註：介詞 "de" 表修飾關係

介詞 de 連接兩個名詞，後面的名詞對前面的名詞有修飾作用。

例：

cours de français	法語課
cours de danse	舞蹈課
femme de ménage	家庭主婦

日常句式補充

關於價格提問　　　　　　　　　　　　　　　🎧 09-05

(1) Ça fait combien?　　　　　　　　　多少錢？

　　Ça fait 30 euros.　　　　　　　　　三十歐元。

(2) Ça coûte combien, ces fleurs?　　　　這些花多少錢？

　　Ça coûte 23 euros.　　　　　　　　二十三歐元。

(3) Les gâteaux, ils valent combien?　　　這些蛋糕多少錢？

　　Soixante-sept euros.　　　　　　　六十七歐元。

一、動詞變化

vouloir	je _____	ils _____	
pouvoir	nous _____	elles _____	
connaître	tu _____	vous _____	
faire	il _____	elles _____	
falloir	il _____		

二、用 quel 的適當形式填空

1 ）— Je prends le train.   — _____train?

2 ）— Tu prends les billets?   — _____billets?

3 ）— Je pars demain soir.   — A _____ heure?

4 ）— Il rentre bientôt.   — _____jour?

5 ）— Nous allons à la gare.   — _____gare?

6 ）— Je voudrais du fromage.   — _____fromage?

三、將短文內容填寫完整

— Bonjour, monsieur. Je peux vous aider?

— Je _____ un billet d'avion pour Bordeaux.

— _____?

— Le samedi 10, vers 14 heures.

— _____?

— Première classe. _____?

— 150 euros.

四、選擇題

1. — À _____ est-ce que le train arrive?

    A quelle heure   B quel heure   C quand   D comment

2. — _____ est-ce que tu vas au théâtre? -A pied.

    A Quand   B Comment   C Pourquoi   D Qui

3. _____ travaille dans une agence de voyage?

    A Que   B Quoi   C Quel   D Qui

4. — _____ habitez-vous? -À Shanghai.

    A Combien   B Où   C Quand   D Quoi

5. — Ça fait _____?

   — 30 euros.

    A combien   B quelle   C qui   D qu'est-ce que

五、翻譯下列句子

——你好，我想要買兩張飛機票。_____

——目的地是哪裡？_____

——巴黎。_____

——什麼時間的？_____

——明天上午的票。_____

——頭等艙還是經濟艙？_____

——經濟艙。_____

71

——單程票還是來回票？_____

——來回票。總共多少錢？_____

—— 320 歐元。_____

解答

一、

veux veulent

pouvons peuvent

connais connaissez

fait font

faut

二、

Quel

Quel

Quelle

Quel

Quelle

Quel

三、

voudrais

Quel jour et quelle heure ?

Quelle classe

Ça fait combien ?

四、

a b d b a

Le logement 住宿

重點句型、語法

1. Que désirez-vous ?　　有什麼可以幫您嗎？

2. être en train de...　　正在做……

3. 品質形容詞

4. 冠詞、形容詞、名詞的性數配合

5. 複合疑問代詞

Dialogue 對話　　🎧 10-02

A l'agence immoblilière

L'agent: Bonjour monsieur, que désirez-vous?

Client: Voilà, je suis en train de chercher un appartement à louer.

L'agent: Vide ou meublé?

Client: Meublé.

L'agent: Oui, quel type d'appartement est-ce que vous recherchez?

Client: Eh bien , ça dépend du prix, bien sûr, mais probablement un deux-pièces.

L'agent: Il y en a un dans le quartier de la gare, pas trop loin des arrêts de bus. Et j'ai aussi un beau studio. Il est plus clair avec un petit balcon. Lequel préférez-vous?

Client: Je peux les visiter avant de faire mon choix?

L'agent: Oui, pourquoi pas?

Client: Le loyer est de combien?

L'agent: 480 euros, charges comprises.

對話

(在房屋仲介所)

代理人： 您好，先生。我能幫您嗎？

顧客： 是這樣，我正在找一間出租的公寓。

代理人： 附帶家具還是不附帶家具的？

顧客： 附帶家具的。

代理人： 好的，您要找什麼類型的公寓呢？

顧客： 這個要看價格了，當然最好是兩房公寓。

代理人： 現在有一間是在火車站地區，離公車站不是很遠。另外也有一個漂亮的套房，更明亮又附帶陽台。您更喜歡哪一間？

顧客： 在決定之前我可以去看一下嗎？

代理人： 當然，為什麼不行呢？

顧客： 那租金是多少？

代理人： 480 歐元，包括管理費和水、電、瓦斯費。

Vocabulaire 詞彙

 10-03

agence	代理處	pièce	房間
agent	代理人	quartier	街區
immobilier,ère	移動的	il y a	有
désirer	想	loin	遠
être en train de	正在做 ……	trop	太
chercher	尋找	arrêt	站
louer	租	studio	套房
vide	空的	lequel	哪一個
meublé	帶家具的	choix	選擇
type	類型	beau,belle	漂亮的
dépendre	根據	charges (pl.)	管理費
bien sûr	當然	compris,e	包括的
probablement	可能		

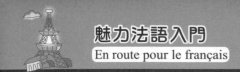

Grammaire 文法　　　　🎧 10-04

1. 動詞變化

désirer	chercher
je désire	je cherche
tu désires	tu cherches
il désire	il cherche
elle désire	elle cherche
nous désirons	nous cherchons
vous désirez	vous cherchez
ils désirent	ils cherchent
elles désirent	elles cherchent

visiter	louer
je visite	je loue
tu visites	tu loues
il visite	il loue
elle visite	elle loue
nous visitons	nous louons
vous visitez	vous louez
ils visitent	ils louent
elles visitent	elles louent

dépendre
il dépent
ça dépent

2. 動詞解析

préférer 寧願，寧可，更喜歡

(1) 後接名詞

Je préfère le café.　　　　我比較喜歡喝咖啡。

(2) 後接動詞原形

Je préfère prendre du thé.　我比較喜歡喝茶。

(3) préférer qch. à qch. 比起……更喜歡……

Je préfère le café au thé.　比起喝茶，我更喜歡喝咖啡。

3. être en train de... 正在做……

這個片語可以表示正在進行的動作，相當於英語的現在進行式。在法語中，直陳式現在式也可以表示正在進行的動作。

4. 品質形容詞

(1) 形容詞的陰陽性

・以 e 結尾的，一般陽性和陰性形式相同，如 facile。

・以 er 結尾的，陰性形式變成 -ère，如 étranger, étrangère。

・以 -eau 結尾的，陰性形式變成 -elle, 如 nouveau, nouvelle

・以 -x 結尾的，陰性形式變成 -se，如 heureux, heureuse

・以鼻音結尾的，通常會重複最後的子音字母，並且發音時鼻音不再存在，如 italien, italienne。

(2) 形容詞的位置形容詞一般放在所修飾的名詞後面，如：

C'est un acteur célèbre.　　這是一位有名的演員。

Ce sont des fleures rouges.　這是一些紅色的花。

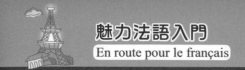
但某些常用的形容詞，則需要放在名詞前面，如：

bon, beau, mauvais, jeune, vieux, joli, nouveau

例： un beau studio

une nouvelle stagiaire

un jeune garçon

5. 冠詞、形容詞、名詞的性數配合

法語中，形容詞要與它修飾的名詞進行性數配合。"性"指的是陰陽性的配合，"數"指的是單複數的統一。

例：

單數	un ami gentil	複數	de gentils amis
單數	un nouveau collègue	複數	de nouveaux collègues

6. 複合疑問代詞 lequel

複合疑問代詞的形式

	陽性	陰性
單數	lequel	laquelle
複數	lesquels	lesquelles

複合疑問代詞可指人或物，由它構成的問句一般要求回答者作出選擇。如：

— Voilà deux photos. Laquelle préférez-vous?

這有兩張照片，您比較喜歡哪一張？

— Voilà deux stylos. Lequel choisissez-vous?

這有兩支筆，您選哪一支？

日常句式補充

- 提供幫助

    (1) Que désirez-vous? / Qu'est-ce que vous désirez?

    (2) Que voulez-vous? / Qu'est-ce que vous voulez?

    (3) Je peux vous aider?

    (4) Vous avez besoin d'aide?

- 公寓設施、房間的補充詞彙

un immeuble	一棟大樓	un deux-pièces	兩間公寓
un escalier	樓梯	un ascenseur	電梯
un palier	樓面	un étage	樓層
un appartement	公寓	une chambre	房間
une cuisine	廚房	un salon	客廳
une salle de bains	浴室	un canapé	沙發
un fauteuil	扶手椅	une armoire	衣櫥

一、動詞變化

prendre	je ＿＿＿＿＿＿	ils ＿＿＿＿＿＿
visiter	nous ＿＿＿＿＿	elles ＿＿＿＿＿
dépendre	il ＿＿＿＿＿＿	＿＿＿＿＿＿
désirer	il ＿＿＿＿＿＿	elles ＿＿＿＿＿
pouvoir	tu ＿＿＿＿＿＿	vous ＿＿＿＿＿

二、將下列句中的名詞變成對應的陰性形式

(1) C'est un beau client.

(2) C'est un joli garçon.

(3) C'est un étudiant serieux.

(4) C'est un professeur célèbre.

(5) C'est un employé sympathique.

(6) C'est un acteur gentil.

三、將短文內容填寫完整

— Je voudrais ＿＿＿＿＿＿＿ un appartement, s'il vous plaît.

— ＿＿＿＿＿＿＿ un appartement dans le quartier de la gare. La chambre est ＿＿＿＿＿＿＿.

— Je ＿＿＿＿＿＿＿ une chambre ＿＿＿＿＿＿ un balcon.

— Alors, j'ai un beau studio avec un balcon. Vous _____?

— Bon. Quel est _____?

— 300 euros.

四、選擇題

1. — Voilà deux photos. _____ préférez-vous?

    A Lequel   B Laquelle   C Lesquels   D Lesquelles

2. — _____ étage habites-tu?

    — Au troisième étage.

    A Lequel   B Laquelle   C Quel   D Quelle

3. C'est une chambre _____.

    A claire   B belle   C nouveau   D jeune

4. C'est mon ami, Pascal. Il est _____.

    A un étudiant   B une étudiante   C étudiant   D étudiante

5. Il y a _____ sur le bureau.

    A un lettre   B une lettre   C des lettres   D des lettre

五、翻譯下列句子

——您好，夫人。有什麼可以幫您的嗎？

——我想租一間套房。

——在這兒附近嗎？

——這主要看價格了。

——這兒附近有一間附帶陽台的套房，包括管理費和水電瓦斯。

——我可以去看一下嗎？

——當然可以。您現在有時間嗎？

——是的。我現在有空。

——那您請跟我來。

解答

一、

prends prennent

visitons visitent

dépend

désire désirent

peux pouvez

二、

(1) C'est une belle cliente.

(2) C'est une jolie fille.

(3) C'est une étudiante sérieuse.

(4) C'est un professeur célèbre. (professeur 陰陽性同型)

(5) C'est une employée sympathique.

(6) C'est une actrice gentille.

三、

-louer

-Il y a; grande

-préfère avec

-désirez

-le loyer

四、

b c a c c

Leçon 11

La banque 銀行

重點句型、語法　🎧 11-01

1. Je pense... 我想……

2. avoir l'intention de... 打算做……

3. 泛指形容詞 tout

4. 簡單將來式

5. Je dois... 我應該

Dialogue 對話　🎧 11-02

A la banque

L'employée:　Bonjour Madame, je peux vous aider?

Client:　Bonjour, j'aimerais ouvrir un compte d'épargne, s'il vous plaît.

L'employée:　Oui, madame. Dites-moi, vous avez des projets particuliers?

Client :　Euh... Oui, un jour, j'achèterai une voiture et un appartement.

L'employée:　Quand est-ce que vous avez l'intention de réaliser ce projet?

Client :　Pas tout de suite. Je dois d'abord faire des économies.

L'employée:　Sur ce compte d'épargne, quelle somme est-ce que vous pouvez mettre, tous les mois?

Client:　80 ou 100 euros maximum.

L'employée:　D'accord. Mais vous savez, si vous souhaitez changer le montant, il n'y a pas de problème.

Client :　Merci beaucoup.

對話

(在銀行)

職員：您好，太太，有什麼可以幫您的嗎？

顧客：您好，我想開一個儲蓄帳戶。

職員：好的，太太。請問，您有什麼特別的計畫嗎？

顧客：嗯……是的，我將來要買一輛車和一間公寓。

職員：您打算什麼時候實現這個計畫？

顧客：不會馬上，我得先存錢。

職員：您每個月可以往這個帳戶中存入多少錢？

顧客：最多 80 或 100 歐元。

職員：好的。但是，您知道，如果您希望更改數目，不會有問題的。

顧客：非常感謝。

Vocabulaire 詞彙 11-03

penser	想，打算	devoir	應該，得
ouvrir	打開	d'abord	首先
compte	帳戶	faire des économies	存錢
épargne	儲蓄	somme	金額
projet	計畫	tous les mois	每月
particulier,ère	特別的	maximum	最大
voiture	汽車	souhaiter	希望
réaliser	實現	changer	更改
tout de suite	立刻	montant	金額

 Grammaire 文法 11-04

1. 動詞變化

ouvrir	devoir
j'ouvre	je dois
tu ouvres	tu dois
il ouvre	il doit
elle ouvre	elle doit
nous ouvrons	nous devons
vous ouvrez	vous devez
ils ouvrent	ils doivent
elles ouvrent	elles doivent

penser	souhaiter
je pense	je souhaite
tu penses	tu souhaites
il pense	il souhaite
elle pense	elle souhaite
nous pensons	nous souhaitons
vous pensez	vous souhaitez
ils pensent	ils souhaitent
elles pensent	elles souhaitent

2. 動詞解析

　　devoir 同 pouvoir 與 vouloir 一樣 (見動詞 vouloir 與 pouvoir 用法)，因此 devoir 後面跟動詞不定式，表達必須做的事或較大的可能性。

(1) 必須做的事情

　　Je dois les finir.　　　　我必須把這些完成。

　　Tu dois nous écrire.　　你必須給我們寫信。

(2) 較大的可能性

　　Il doit venir nous voir ce matin.　　他很可能今天早上來看我們。

　　Elle doit me téléphoner demain.　　她很可能明天打電話給我。

devoir 在法語中還可作名詞，通常以複數形式出現，意思是 "作業"。

　　例：

　　Je vais finir mes devoirs en trois heures. 我將在 3 小時內完成我的作業。

3. 簡單將來式

(1) 簡單將來式的構成

法語中的簡單將來式是透過詞尾變化來構成的，基本構成形式則是以動詞原形為詞根，加上 -ai, -as, -a, -ons, -ez, -ont 詞尾構成。

例：

acheter

j'acheterai

tu acheteras

il achetera

elle achetera

nous acheterons

vous acheterez

ils acheteront

elles acheteront

(2) 簡單將來式的用法

簡單將來式與最近將來式一樣，都是表達將要發生的動作。但它與最近將來式最大的區別在於簡單將來式多用於書面語，而最近將來式多用作口語。簡單將來式表達：

(A) 表達將來的可能性，如：

Il achètera une voiture.

(B) 預報、預言某件事情，多用於描述天氣時，如：

Il fera chaud.

Il pleuvra.

註：但某些常用動詞的簡單將來式變位是特殊的：

être	faire
je serai	je ferai
tu seras	tu feras
il sera	il fera
elle sera	elle fera
nous serons	Nous ferons
vous serez	vous ferez
ils seront	ils feront
elles seront	elles feront

avoir	aller
j'aurai	j'irai
tu auras	tu iras
il aura	il ira
elle aura	elle ira
nous aurons	nous irons
vous aurez	vous irez
ils auront	ils iront
elles auront	elles iront

4. 泛指形容詞 tout

tout 是泛指形容詞，通常可用來表示週期性。

tout 的形式有四種：

陽性單數	tout	陰性單數	toute
陽性複數	tous	陰性複數	toutes

tout+ 限定詞 + 名詞，可構成週期的表達，但注意這三者的性數配合，如：

tous les jours　　　　　每天

toutes les semaines　　每週

日常句式補充

計畫、打算的表達模式

🎧 11-05

Je voudrais....	我想……
Probablement...	可能……
Je souhaite...	我希望……
J'ai l'intention de...	我打算……
Je pense...	我打算……

一、動詞變化（簡單將來式）

faire   je _____   ils _____

acheter   nous _____   elles _____

aller   tu _____   vous _____

être   il _____   elles _____

souhaiter   tu _____   vous _____

二、用 tout 的適當形式填空

1. Il pleut _____ la nuit.

2. Je vais au restaurant _____ les jours.

3. En France, _____ le monde aime le café.

4. _____ les semaines, je fais des courses avec mes amis.

5. Au bureau, _____ les employés travaillent beaucoup.

三、將短文內容填寫完整

— Bonjour, je voudrais _____ un compte.

— Oui, bien sûr. Dites-moi, vous avez des _____?

— Euh, un jour, j'ai _____ d'acheter une maison.

— _____ pouvez-vous mettre tous les mois?

— 100 ou 150 euros _____.

— D'accord.

四、選擇題

1. S'il fait beau, je _____ au parc demain.

    A vais   B irai   C allerai   D aurai

2. Demain, il _____. Ne sors pas.

    A pleuvra   B va pleuvoir   C pleut   D pleuvoira

3. _____, je révise le français.

    A toutes les jours   B tous les jour

    C tout les jours   D tous les jours

4. — Je vais changer le montant.

    — _____.

    A Merci   B Au revoir

    C Pas de problème   D Pas question

5. — Qu'est-ce que je peux vous aider?

    — J'ai _____ ouvrir un compte, s'il vous plaît.

    A l'intention de   B besoin d'

    C intention d'   D besoin de

五、翻譯下列句子

——您好，我想開一個帳戶。

——好的，請問您有特殊的計畫嗎？

——是的，我想買一間別墅。

——您打算什麼時候實現這個計畫呢？

——不是馬上。我必須先存錢。

——那您每月希望存多少呢？

—— 2000 或 3000 歐元。

——好的，請稍等。

 解答

一、
ferai feront
achèterons achèteront
iras irez
sera seront
souhaiteras souhaiterez

二、
toute
tous
tout
toutes
tous

三、
ouvrir
plans particuliers
envie
combien
par mois

四、
b a d c b

Leçon 12

Au magasin
商場

重點句型、語法　🎧 12-01

1. Je voudrais changer...　　　我想換⋯⋯

2. Ça pourra aller.　　　　　　這是可以的。

3. Vous ne pouvez pas... sans...　沒有⋯⋯您不能⋯⋯

4. 複合過去式

5. 間接疑問句

Dialogue 對話　🎧 12-02

Dans une grande surface

Cliente:　　J'ai acheté cette veste il y a deux jours, mais elle est vraiment trop petite. Est-ce que je peux la changer?

Vendeuse:　Oui, madame, vous avez votre ticket de caisse?

Cliente:　　Ah non, je ne sais pas où il est, je crois que je l'ai perdu!

Vendeuse:　Madame, on ne peut pas changer un article sans ticket de caisse.

Cliente:　　J'ai peut-être encore le ticket de carte bleue. Est-ce que ça peut aller?

Vendeuse:　D'accord, ça pourra aller. Et donnez-le-moi, s'il vous plaît.

Cliente:　　Tenez, le voilà.

Vendeuse:　N'oubliez pas de garder votre ticket de caisse, si vous souhaitez faire un échange ou être remboursée.

Cliente: Je comprends. Merci.

Vendeuse: De rien.

對話

在大賣場

顧客：　　兩天前我買了這件外套，但是太小了。我能換嗎？

售貨員：能，太太，您有帳單收據嗎？

顧客：　　啊沒有，我不知道它在哪兒，我想是我弄丟了。

售貨員：太太，沒有帳單收據是不能換貨的。

顧客：　　我可能還保存著信用卡付款單。這可以用嗎？

售貨員：可以，應該沒有問題。

顧客：　　這張給您。

售貨員：如果您希望換貨或退貨，可別忘了保存好您的帳單收據。

顧客：　　我明白了。謝謝。

售貨員：不客氣。

Vocabulaire 詞彙

🎧 12-03

une grande surface	大賣場	sans	沒有
veste	外套	encore	仍舊，還
il y a	…… 以前	carte	卡
vraiment	真正地	bleu,e	藍色的
ticket	票，收據	oublier	忘記
caisse	櫃台，收銀台	garder	保留，照顧
croire	認為，相信	échange	更換

perdre	失去，丟失	remboursé,e	退款
article	商品		

 Grammaire 文法　　　　　　　　🎧 12-04

1. 動詞變化

croire	pouvoir (le futur simple)
je crois	je pourrai
tu crois	tu pourras
il croit	il pourra
elle croit	elle pourra
nous croyons	nous pourrons
vous croyez	vous pourrez
ils croient	ils pourront
elles croient	elles pourront

perdre (p.p. perdu)	changer
je perds	je change
tu perds	tu changes
il perd	il change
elle perd	elle change
nous perdons	nous changeons
vous perdez	vous changez
ils perdent	ils changent
elles perdent	elles changent

2. 動詞解析

changer v.i.&v.t.

(1) 作及物動詞，"變更，改變"

changer de pull	換一件毛衣
changer ses plans	改變計畫

(2) 作不及物動詞 changer de... 意為 "調換"

changer d'avis	改變主意
changer de direction	改變方向
changer de bus	換車

3. 間接疑問句

由引導間接疑問句的主詞，加上引導間接疑問句的關聯詞，可以構成間接疑問句。

引導間接疑問句的主句： Vous savez...; Elle veut savoir...; Je ne sais pas...; etc.

引導間接疑問句的關聯詞： où, si, quand, ce que, ce qui, etc.

Vous savez s'il y a des étudiants dans la classe?

Je ne sais pas ce qui se passe.

引導間接疑問句的關聯詞大部分都是特殊疑問句的疑問詞，不過有特殊情況：

(A) est-ce que → si

Est-ce qu'il fait beau?

Vous savez s'il fait beau?

(B) qu'est-ce que → ce que

Qu'est-ce que tu fais maintenant?

Elle veut savoir ce que tu fais maintenant.

(C) qu'est-ce qui → ce qui

Qu'est-ce qui se passe?

Je ne sais pas ce qui se passe.

4. 複合過去式

複合過去式在法語用來表達發生在過去的動作和事情。

複合過去式是由動詞 avoir 或 être 的直陳式變位加上動詞的過去分詞形式構成的。絕大多數動詞的複合過去式由動詞 avoir 作助動詞。以動詞 parler 為例，我們來了解一下複合過去式的架構：

Hier, j'ai parlé avec mon ami.

Hier, tu as parlé à ton professeur?

Hier, il a parlé de son plan.

Hier, elle a parlé de ses vacances.

Hier, nous avons parlé avec nos collègues.

Hier, vous avez parlé à vos camarades.

Hier, ils ont parlé de leurs cours de français.

Hier, elles ont parlé à leurs voisins.

- 過去分詞的構成

(A) 以 -er 結尾的第一組規則動詞，去掉詞尾 er，加上 -é, 構成其過去分詞，例：

donner → donné	parler → parlé
changer → changé	visiter → visité
aller → allé	

(B) 以 -ir 結尾的第二組規則動詞，去掉詞尾 ir，加上 i，構成其過去分詞，例：

finir → fini	choisir → choisi
réfléchir → réfléchi	

(C) 其餘第三組動詞的變化，則可以以尾音 /y/ /i/ 來作歸類，例：

perdre → perdu	apprendre → appris
sortir → sorti	partir → parti
venir → venu	mettre → mis
dire → dis	lire → lu
voir → vu	savoir → su
vouloir → voulu	pouvoir → pu

日常句式補充

- ## 表達換貨

1. Je voudrais changer...　　　　　　　　　　我想換……

2. Est-ce que je peux changer...?　　　　　　我能換……嗎？

3. Est-ce qu'il est possible de changer...?　　能換……嗎？

4. Je viens pour un échange.　　　　　　　　我來換貨。

5. Je voudrais faire un échange.　　　　　　　我想換貨。

6. A qui est-ce que je dois m'adresser pour un échange? 我換貨應該找誰？

一、寫出下列動詞的過去分詞形式

perdre _____

aller _____

sortir _____

savoir _____

vouloir _____

voir _____

lire _____

mettre _____

二、判斷下列句中 "si" 的含義，並翻譯句子

1. Si vous avez besion d'aide, téléphonez-moi.

2. Vous savez si votre ami habite près de la gare?

3. Si je suis en retard, attends-moi jusqu'à 3 heures.

4. Je ne sais pas si la porte est ouverte.

5. Entrez, s'il vous plaît.

三、將短文內容填寫完整

— Est-ce que je peux _____ cette robe?

— Oui, bien sûr, mais vous avez votre _____?

— Attendez, s'il vous plaît. Je _____ que je l'ai perdu. Mais je garde le _____. Ça _____ aller?

— D'accord. Ça peut aller. Mais n'oubliez pas _____ garder votre ticket de caisse, si vous voulez faire _____ ou être _____.

— Je comprends.

四、選擇題

1. — Vous savez _____ il habite? -Non, je ne sais pas.

    A où   B quand   C ce qui   D ce que

2. Dis-moi _____ se passe.

    A si   B ce qui   C ce que   D comment

3. Je ne sais pas _____ il arrive.

    A combien   B ce qui   C ce que   D quand

4. Ce matin, je _____ le musée avec ma famille.

    A visite   B visita   C ai visité   D ai visiter

5. Hier, nous avons _____ le métro pour aller au concert.

    A prendu   B pris   C prendi   D prendons

五、翻譯下列句子

——您好，我想換這條領帶。

——請問您有付款收據嗎？

——請稍等。我不知道它在哪兒，可能我弄丟了。

——對不起，沒有收據我們不能更換。

——我保留了信用卡付款單，可以嗎？

——嗯，這個可以。

——給您。謝謝。

解答

一、
pris
allé
sorti
su
voulu
vu
lu
mis

二、
(1) 如果您需要幫助，打電話給我。
(2) 您知道您的朋友是否住在火車站附近？
(3) 如果我遲到了，請等我到三點。
(4) 我不知道郵局是否營業。
(5) 請進！

三、
-changer
-ticket de caisse
-pense; ticket de carte bleue; peut
-de; un échange; remboursé

四、
a b d c b

103

Leçon 13
Les vacances
假期

重點句型、語法 13-01

1. Qu'est-ce que tu fais pendant le week-end?

2. Je joue de la musique.

3. 形容詞、副詞的比較級

4. 縮合冠詞

5. 介詞 en 和 à

Dialogue 對話 13-02

Sur le terrain de basket

Justine: Bonjour, Vincent, qu'est-ce que tu fais pendant le week-end?

Vincent: Je lis, j'écoute et je joue de la musique. J'aime le sport aussi.

Justine: Et si tu as un mois de vacances, où est-ce que tu iras?

Vincent: J'irai en Bretagne ou en Normandie.

Justine: Quelle région préfères-tu?

Vincent: Moi, je préfère la Bretagne, c'est la plus belle région.

Justine: C'est vrai, c'est magnifique. Mais la Normandie est moins loin.

Vincent: Oui, tout à fait. Mais pourquoi tu poses toutes ces questions?

Justine: Ah, je fais une enquête en ce moment.

Vincent: Sur quoi?

Justine: Sur les projets des étudiants pendant les vacances.

Vincent: Bon courage, Justine.

對話

(在籃球場)

J： 你好，Vincent。週末你都做些什麼？

V： 我看書，聽音樂，玩樂器。我也很喜歡體育。

J： 如果你有一個月的假期，你會去哪裡？

V： 我可能去布列塔尼或諾曼第。

J： 你更喜歡哪個國家？

V： 我更喜歡布列塔尼，那裡更漂亮。

J： 的確，很棒。但是諾曼第更近一些。

V： 完全正確。但是你為什麼問這些問題呢？

J： 哦，我在做問卷調查。

V： 關於什麼？

J： 關於學生們對假期的計畫。

V： 加油，Justine。

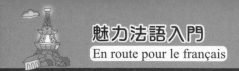
Vocabulaire 詞彙

 13-03

terrain	場地	pays	國家
basket	籃球	plus	更 ……
pendant	在 …… 期間	loin	遠
week-end	週末	tout à fait	是的
lire	閱讀	poser des questions	發問
écouter	聽	enquête	問卷調查
jouer	玩	sur	關於
Bretagne	布列塔尼	courage	加油
Normandie	諾曼第	magnifique	極美的，壯麗的
en	(介詞) 在	En ce moment	此時

 ## Grammaire 文法

 13-04

1. 動詞變化

jouer	lire
je joue	je lis
tu joues	tu lis
il joue	il lit
elle joue	elle lit
nous jouons	nous lisons
vous jouez	vous lisez
ils jouent	ils lisent
elles jouent	elles lisent

écouter	aller (簡單將來式)
j'écoute	j'irai
tu écoutes	tu iras
il écoute	il ira
elle écoute	elle ira
nous écoutons	nous irons
vous écoutez	vous irez
ils écoutent	ils iront
elles écoutent	elles iront

2. 動詞解析

jouer à + 活動，體育項目

jouer au football

jouer au tennis

jouer au basket

jouer de + 樂器

jouer du piano

jouer de la guitare

jouer du violon

註：法語中動詞 faire 也可以用來表達從事體育項目及樂器，介詞用 "de"

例：

faire du violon	faire du football
faire des jeux vidéo	

3. 冠詞縮合

介詞 à 和 de 在遇到定冠詞 le 與 les 時要進行縮合

à + le → au	à + les → aux
de + le → du	de + les → des

例：

Je vais au cinéma.

Nous faisons du football ensemble.

4. 表地點的介詞 en 和 à

介詞 en 和 à 在後接國名時，都表示"在"。但是對於不同的國名，使用不同的介詞。

(A) 陰性國名前使用介詞 en，並且不需要冠詞：

en France	en Chine

(B) 陽性國名前使用介詞 à，並且需要使用定冠詞

au Japon	au Portugal

註：其他地點介詞複習

Sur ： sur le terrain de sport

sur le bureau

Dans ： dans la classe

dans la salle de réunion

5. 法語中的比較級法語中形容詞和副詞的比較級構成十分簡單，分別使用副詞 plus, aussi, moins 來構成較高、同級、較低比較，如：

比較對象	形容詞	副詞
原級	facile	loin
較高	plus facile	plus loin
同級	aussi facile	aussi loin
較低	moins facile	moins loin

法語中由 "que" 來引出比較對象，例：

La bretagne est plus belle que la Normandie.

La normandie est moins loin que la Bretagne.

- 詢問訊息

(1) —Vous avez l'heure?

　　— Il est cinq heures moins vingt.

(2) —Vous savez où est le Carrefour?

　　— Allez tout droit. C'est sur votre gauche.

(3) —Tu es libre ce soir?

　　— Non, j'ai un rendez-vous très important.

一、動詞變化

écouter	je _____	ils _____
faire	nous _____	elles _____
jouer	tu _____	vous _____
venir	il _____	elles _____
lire	tu _____	vous _____

二、用適當的介詞填空

1. Quand vous sortez _____ métro, la rue de Montparnasse est _____ votre gauche.

2. On est _____ train de parler _____ cinéma italien.

3. Le vent vient _____ l'ouest aujourd'hui, il pleuvra peut-être.

4. Il fait _____ jardinage tous les dimanches.

5. Dans le métro, j'ai vu un jeune homme offrir sa place _____ une vieille dame.

6. On ne peut pas discuter: nos opinions _____ le problème sont complètement opposées.

三、比較級填空

1. Aujourd'hui, il fait _____ froid qu'hier.

2. En hiver, les jours sont _____ longs qu'en été.

3. Revenez _____ tôt.

4. La télévision est _____ intéressante que le cinéma, alors je préfère la télévision.

5. Cette chambre est _____ confortable que claire.

6. Y a-t-il un ordinateur _____ cher, s'il vous plaît?

四、選擇題

1. —Où allez-vous? -Je vais _____ Etats-Unis.

    A au   B aux   C du   D de

2. —Qu'est-ce que tu fais _____ le week-end? -Je joue _____ musique.

    A pendant, de   B pendant, à

    C pendant, de la   D pour, de la

3. Il fait _____ froid qu'hier. Mettez ce manteau.

    A plus   B moins   C aussi   D très

4. —Quel est _____ nom, madame?

    A ton   B mon   C notre   D votre

5. —Thomas, je te présente mes parents.

   - _____.

    A D'accord   B Merci   C Enchanté   D Au revoir

五、翻譯下列句子

——週末，你喜歡做什麼？

——有時候我和朋友一起逛街。有時候我待在家。你呢？

——每週六我學習法語。週日我在家看電視。

——這個週日有空嗎？

——為什麼這麼問？

——我們一起踢足球吧？

——好主意。

解答

一、

(j') écoute écoutent

faisons font

joues jouez

vient viennent

lis lisez

二、

1. du; sur
2. en; du
3. de
4. du
5. à
6. sur

三、

1. plus/moins/aussi
2. plus
3. plus
4. plus
5. plus/moins/aussi
6. moins

四、

b c a d c

重點句型、語法　　　　　　　　　🎧 14-01

1. Je voudrais parler à...

2. Vous pourriez rappeler plus tard?

3. 法語中時間的表達

4. 打電話用語

5. 直接受詞、間接受詞、人稱代詞

Dialogue 對話　　　　　　　　　🎧 14-02

Dans un bureau

— Allô, je voudrais parler à monsieur Fernandez.

— Je suis désolée, monsieur Fernandez n'est pas là. Vous pourriez rappeler plus tard? Il est dix heures moins dix. Rappelez à dix heures.

— D'accord. Merci.

(Dix minutes plus tard)

— Bonjour, je voudrais parler à monsieur Fernandez. J'ai déjà téléphoné il y a dix minutes.

— Ne quittez pas. Je vous passe sa secrétaire.

— C'est pour monsieur Fernandez. Son poste est occupé. Vous voulez laisser un message?

— Oui, j'ai rendez-vous avec lui, mais il y a des embouteillages. Je serai en retard de 15 minutes.

— Bon , c'est de la part de qui?

— Pascal Lefèvre.

對話

（ 在辦公室 ）

——喂，您好，我想跟 Fernandez 先生說話。

——很抱歉，Fernandez 先生現在不在。您能稍後再打來嗎？現在是 9 點 50 分，請您 10 點的時候再打來吧。

——好的，謝謝。

（ 十分鐘之後 ）

——您好，我想和 Fernandez 先生說話，10 分鐘前我打過電話。

——請不要掛斷。我為您轉接他的秘書。

——這裡是 Fernandez 先生辦公室，他現在忙線中，您要留言嗎？

——好的。我和他今天有約，但是今天交通堵塞，我可能要晚到 15 分鐘。

——好，請問您是哪位？

—— Pascal Lefèvre.

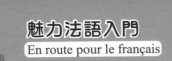
Vocabulaire 詞彙

 14-03

allô	喂（電話用語）	secrétaire	秘書
voudrais	想	poste	分機
désolé,e	抱歉	occupé,e	忙線
là	那裡	laisser	留下
pourriez	麻煩您	message	留言
rappeler	再次撥打	rendez-vous	約會
plus tard	稍後	embouteillage	交通堵塞
quitter	離開	C'est de la part de qui?	請問您是哪位（電話用語）
passer	通過；轉接（電話）	être en retard	遲到

 Grammaire 文法　　　　 14-04

1. 動詞變化

appeler	quitter
j'appelle	je quitte
tu appelles	tu quittes
il appelle	il quitte
elle appelle	elle quitte
nous appelons	nous quittons
vous appelez	vous quittez
ils appellent	ils quittent
elles appellent	elles quittent

téléphoner	laisser
je téléphone	je laisse
tu téléphones	tu laisses
il téléphone	il laisse
elle téléphone	elle laisse
nous téléphonons	nous laissons
vous téléphonez	vous laissez
ils téléphonent	ils laissent
elles téléphonent	elles laissent

2. 動詞解析

Je voudrais...

　　voudrais 是動詞 vouloir 條件式現在式，表達委婉的語氣，同樣，vous pourriez 也是動詞 pouvoir 條件式現在式。

3. 時間的另一種表達模式

　　— Quelle heure est-il?

　　— Il est cinq heures une.

　　— Il est cinq heures cinq.

　　— Il est cinq heures quinze./ et quart.

　　— Il est cinq heures trente./ et demie.

　　— Il est cinq heures quarante cinq./ Il est six heures moins le quart.

　　— Il est cinq heures cinquante cinq. / Il est six heures moins cinq.

4. 所有形容詞

法語中的主有形容詞，放在名詞前，表達所屬關係。

	陽	陰	複數
我們的	notre	notre	nos
你們的 (您的)	votre	votre	vos
他們的 / 她們的	leur	leur	leurs

5. 直接受詞、間接受詞人稱代詞

(1) 直接受詞人稱代詞的形式

me	nous
te	vous
le/la/l'	les

(2) 間接受詞人稱代詞的形式

me	nous
te	vous
lui	leur

(3) 受詞代詞的位置

(A) 相關的動詞前

On t'écoute.

Je lui téléphone.

(B) 相關的不定式前

Je vais t'appeler plus tard.

N'oubliez pas de nous écrire.

(C) 在複合過去式中，則放在助動詞前

Il m'a promis de me donner un coup de main.

Je l'ai perdu.

註：在肯定命令式中，受詞代詞一律放在相關動詞後，並用 "-" 連接，其中 me 改為 moi, te 改為 toi，例：

Téléphonez-moi !

Parlez-moi de votre travail.

日常句式補充

打電話

1. Je voudrais parler à...

2. Est-ce que je peux parler à...?

3. Est-ce que je pourrais parler à ...?

4. C'est de la part de qui?

5. Qui est à l'appareil?

6. Ne quittez pas !

7. Je vous le/la passe.

8. Son poste est occupé.

9. Vous voulez laisser un message?

10. Je prends votre message.

一、動詞變化

perdre	je _____	ils _____
laisser	nous _____	elles _____
quitter	tu _____	vous _____
appeler	il _____	elles _____
téléphoner	tu _____	vous _____

二、寫出以下時間的表達

7 : 45 _____

8 : 15 _____

12: 30 _____

9 : 25 _____

15: 35 _____

4 月 1 日 _____

10 月 31 日週三 _____

8 月 16 日週日 _____

三、將短文內容填寫完整

— Allô, je voudrais _____ monsieur Pasquier.

— _____, je vous passe sa secrétaire.

— C'est pour monsieur Pasquier.

— Est-ce que je _____ parler à monsieur Pasquier.

— Je _____ passe.

— Merci.

四、請給出對話的正確順序

a. Ne quittez pas, je vous le passe.(...) Son poste est occupé, vous patientez?

b. Oui, monsieur, c'est de la part de qui?

c. Non merci, je le rappellerai plus tard.

d. Allô, je voudrais parler à Philippe Dubeuil, s'il vous plaît.

e. De la part de Clément Guerand.

1. _____ 2. _____ 3. _____ 4. _____ 5. _____

五、翻譯下列句子

——您好，Julie 在家嗎？

——請問您是哪位？

——我是 Vincent，她的同學。

—— Julie 現在不在，您能 10 分鐘後打來或者留言嗎？

——那我 10 分鐘以後打吧。

——好的。再見。

——再見。

解答

一、

perds predent

laissons laissent

quittes quittez

appelle appellent

téléphones téléphonez

二、

sept heures quarante-cinq/huit heures moins le quart

huit heures quinze/huit heures et quart

midi et demi/midi trente

neuf heures vingt-cinq

quinze heures trente-cinq/seize heures moins vingt-cinq

le premier avril

le mercredi trente et un octobre

le dimanche seize août

三、

-parler à

-Ne quittez pas

-pourrais

-vous le

四、

d a c b e

重點句型、語法   🎧 15-01

1. Qu'est-ce que vous prenez aujourd'hui?

2. Qu'est-ce que vous avez comme plat du jour?

3. Une bouteille d'eau minérale.

4. 部分冠詞

5. 數量的表達

Dialogue 對話   🎧 15-02

Au restaurant

— Tenez, voilà la carte. Qu'est-ce que vous prenez aujourd'hui?

— Qu'est-ce que vous avez comme plat du jour?

— Nous avons du poisson comme plat du jour.

— Je n'aime pas le poisson. Vous avez de la viande?

— Bien sûr. Nous avons de l'entrecôte et du poulet. Qu'est-ce que vous préférez?

— Je préfère l'entrecôte. Je vais en prendre une.

— Vous voulez goûter du fromage de chez nous? Il est très connu.

— C'est vrai? Apporte m'en un peu alors.

— Et comme boissons, que désirez-vous?

— Une bouteille d'eau minérale, s'il vous plaît.

— A propos, l'entrecôte, vous la voulez comment?

— A point.

對話

在餐廳

——給您菜單。今天您想吃點什麼？

——你們的今日特餐是什麼 (菜色) ？

——我們今日特餐是魚。

——我不喜歡魚，有肉嗎？

——當然，我們有牛排和雞肉。您比較喜歡哪一個？

——我比較喜歡牛排。我要來一份。

——您想嘗一下我們這兒的乳酪嗎？非常有名的。

——真的嗎？ 那就給我來一些吧。

——飲料的話，您要什麼？

——請給我一瓶礦泉水。

——順便問一下，牛排您想要幾分熟的呢？

——七分熟的。

Vocabulaire 詞彙 15-03

tenir	拿著	entrecôte	牛排
carte	菜單	poulet	雞肉
prendre	拿，取	fromage	乳酪
comme	作為	connu.e	有名的
plat du jour	今日特餐	apporter	取來
boisson	飲料	bouteille	瓶
viande	肉類	eau	水
minéral.e	礦物的	à point	七分熟
à propos	順便問一下		

 Grammaire 文法 15-04

1. 動詞變化

boire	manger
je bois	je mange
tu bois	tu manges
il boit	il mange
elle boit	elle mange
nous buvons	nous mangeons
vous buvez	vous mangez
ils boivent	ils mangent
elles boivent	elles mangent

je prends
tu prends
il prend
elle prend
nous prenons
vous prenez
ils prennent
elles prennent

2. 動詞解析

prendre

(1) 拿，取： prendre de l'argent à la banque

(2) 搭乘： prendre l'avion

(3) 吃，喝： prendre du thé

(4) 拍攝，記錄： prendre des photos

(5) 選取 (線路、道路等)： prendre la deuxième rue à gauche

3. 法語中的部分冠詞

· 部分冠詞的形式

　　同定冠詞、不定冠詞一樣，法語中的部分冠詞分陰陽性和單複數，共三種形式。

法語中的冠詞	陽性單數	陰性單數	陽性複數
不定冠詞	un	une	des
定冠詞	le	la	les
部分冠詞	du	de la	des

部分冠詞主要用來修飾食物等不可數名詞或抽象名詞，例：

Nous avons de la viande comme plat du jour.

Ayez du courage.

Ayez de la patience.

4. 法語中數量的表達

(1) 泛指形容詞表達不確定的數量，如： quelque, plusieurs, certain, etc.

quelques jours

plusieurs fois

certaines étudiantes

(2) 用副詞來表達數量

assez de pommes

beaucoup de gens

un peu de fromage

peu d'oranges

(3) 用量詞表達數量

une feuille de papier

une bouteille d'eau

une tasse de café

une boîte de bonbons

un paquet de café

un kilo de pommes

un litre de lait

(4) 法語中表達數量的其他方法

約數詞

Il y a une vingtaine de chaises dans la classe.

百分比

60% des Chinois vont au cinéma au moins une fois par mois.

日常句式補充

 15-05

- 點菜

  (1) — Vous avez du fromage?

  — Je suis désolé. Il ne reste plus de fromage.

  — Mais oui, monsieur, tout de suite.

  (2) — Qu'est-ce que vous avez comme boissons.

  — Hélas, nous n'avons plus de boissons.

  — Je vous apporte la carte.

- 表達讚美

  Il est très bon, votre café.

  J'aime beaucoup ce fromage.

  Délicieux les poissons.

  Ils sont vraiment excellents, vos gâteaux.

一、動詞變化

boire	je _____		ils _____	
manger	nous _____		elles _____	
prendre	tu _____		vous _____	
vouloir	il _____		elles _____	
perdre	tu _____		vous _____	

二、冠詞填空

1. — Vous ne buvez jamais _____ vin? — Si, je bois _____ vin.

2. Il fait souvent _____ sport, parce qu'il aime beaucoup _____ sport.

3. — Elle a _____ argent?— Oui, elle a un peu _____ argent.

4. Il y a _____ trentaine de personnes dans la salle de réunion.

5. Il y a _____ autocar toutes les douze minutes.

6. _____ poisson est bon pour la santé.

7. Pauline a une belle situation, elle est _____ directrice d'une banque.

8. Monsieur Dupont est _____ français, mais sa femme est _____ chinoise.

9. Paul a toujours de petits objets dans sa poche: _____ billes, _____ clés, _____ stylo,etc.

10. On doit prendre _____ avion à six heures du matin.

三、將短文內容填寫完整

— _____ la carte, s'il vous plaît.

— Tenez. Qu'est-ce que vous voulez comme poisson?

— Je _____ pas le poisson. Vous avez _____ viande?

— Oui, j'ai _____ poulet comme plat du jour.

— Bon.

四、翻譯下列句子

——您好，有什麼可以幫您的？

——我想來一份乳酪。

——抱歉，乳酪沒有了。您要來點別的嗎？

——那請給我一份沙拉和一份牛排

——請問您想要牛排怎麼做？

—— 7 分熟。

解答

一、

bois boivent

mangeons mangent

prends prenez

veut veulent

perds perdez

二、

de du

du le

de l' d'

une

un

le

三、

-Donnez-moi

-n'aime; de la

-du

des des un

l'

重點句型、語法　　　　　　　　🎧 16-01

1. Quelle bonne idée !

2. Félicitations !

3. 以 être 作助動詞的複合過去式

4. 以 avoir 作助動詞的複合過去式中的性數配合

5. 代動詞

Dialogue 對話　　　　　　　　🎧 16-02

Au bureau

— Vous savez, j'ai deux nouvelles à vous annoncer !

— Bonnes ou mauvaises?

— Deux bonnes nouvelles ! La première, c'est que j'ai eu mon permis de conduire !

— Bravo ! Je te félicite !

— Merci !

— Je suis contente pour toi ! C'est bien d'être indépendante.

— La deuxième, c'est que Vincent et Marie se sont mariés le mois dernier. Je les ai rencontrés hier matin quand je suis allée au bureau.

— C'est vrai? Je vais leur téléphoner pour exprimer tous mes vœux de bonheur.

— Ça, c'est une surprise. J'ai une idée. On partira en vacances ensemble pendant le nouvel an.

— Quelle bonne idée !

對話

(在辦公室)

——你們知道嗎，我有兩個消息要告訴你們。

——是好消息還是壞消息？

——兩個好消息！第一個好消息就是我拿到了駕照！

——太棒了，祝賀你！

——謝謝！

——我真為你感到高興！能夠獨立挺好的。

——第二個好消息，就是 Vincent 和 Marie 上個月結婚了。昨天我在上班的途中遇見他們的。

——真的嗎？我要打電話去送上我的祝福。

——這還真是令人吃驚。我有個主意，元旦期間，我們一起去度假吧。

——好主意。

Vocabulaire 詞彙　 16-03

nouvelle	消息	être content,e de	很高興 ……
annoncer	通知，告知	indépendent,e	獨立的
mauvais,e	糟糕的	se marier	結婚
permis	駕照	rencontrer	遇見
conduire	開車	exprimer	表達
féliciter	祝賀	voeu	祝福
bravo	太棒了	bonheur	好運
surpris,e	驚訝的	partir en vacances	動身去度假

 Grammaire 文法　 16-04

1. 動詞變化

conduire	permettre
je conduis	je permets
tu conduis	tu permets
il conduit	il permet
elle conduit	elle permet
nous conduisons	nous permettons
vous conduisez	vous permettez
ils conduisent	ils permettent
elles conduisent	elles permettent

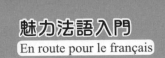

féliciter	**marier**
je félicite	je marie
tu félicites	tu maries
il félicite	il marie
elle félicite	elle marie
nous félicitons	nous marions
vous félicitez	vous mariez
ils félicitent	ils marient
elles félicitent	elles marient

2. 動詞解析

féliciter

   (1) Je te félicite !　祝賀你!

   (2) Félicitations !　祝賀你!

3. 反身動詞

法語中帶有反身代詞 se 的動詞稱為代動詞，在變位時，代詞 se 要根據主詞進行變化，例：

se regarder

je me regarde

tu te regardes

il se regarde

elle se regarde

nous nous regardons

vous vous regardez

ils se regardent

elles se regardent

代詞 se 的意義有四種，初級學習要求掌握最基本的兩種意義：

· 自反意義

　　Elle se regarde dans le miroir.　　她在照鏡子。

· 相互意義

　　Ils se rencontrent au café.　　　他們在咖啡館裡相遇。

4. 所有形容詞

法語中的主有形容詞，放在名詞前，表達所屬關係

	陽	陰	複數
我的	mon	ma	mes
你的	ton	ta	tes
他的 / 她的	son	sa	ses

5. 以 être 作助動詞的複合過去式

法語中大部分動詞都是以 avoir 作助動詞構成複合過去式，但少數不及物動詞則需要用 être 作助動詞，其構成形式基本相同。

以下動詞需用 être 作助動詞

venir/aller sortir/entrer partir/arriver monter/descendre tomber rester devenir

例： Hier, je suis allée au restaurant.

Ce matin, je suis parti en vacances.

註： 以 être 作助動詞的複合過去式中，主語要與分詞進行性數配合，以下以 aller 為例：

Je suis allé(e) au bureau.	Nous sommes allés(es) au théâtre.
Tu es allé(e) au restaurant.	Vous êtes allé(e)(s)(es) au concert.
Il est allé au cinéma.	Ils sont allés a l'école.
Elle est allée à l'hôtel.	Elles sont allées à la bibliothèque.

註：反身動詞一律用 être 作助動詞，並進行性數配合，但要注意代詞及助動詞的位置

se lever	
je me suis levé(e)	nous nous sommes levés(es)
tu t'es levé(e)	vous vous êtes levé(e)(s)(es)
il s'est levé	ils se sont levés
elle s'est levée	elles se sont levées

日常句式補充

- 表達祝賀　　　　　　　　　　　　　　　　 16-05

Bravo !	好極了！棒極了！
Je suis content pour...	我為 ... 高興
Je te/vous félicite.	恭喜你／您
Félicitations.	恭喜
Toutes mes félicitations.	恭喜
Tous mes vœux de bonheur.	所有的祝福

一、動詞變化

féliciter	je_____	ils_____
rencontrer	nous_____	elles_____
marier	tu_____	vous_____
se regarder	il_____	elles_____
se lever	tu_____	vous_____

二、用複合過去式填空

1. Hier maitn, mes parents _____ (venir) me voir.

2. Ce matin, je _____(se lever) à neuf heures.

3. C'est une actrice très célèbre. Elle _____ (déjà jouer) dans plusieurs films.

4. Nous _____ (passer) une soirée magnifique.

5. Nous sommes en retard. Le train _____ (partir).

三、將短文內容填寫完整

— Je te _____ une bonne nouvelle.

— C'est _____?

— J'ai _____ ma camarade, Claudia.

— C'est vrai?

— Oui, c'est _____. Elle vient d'arriver de France.

— Peut-être elle est allée en France pour _____ ses études.

— Oui, c'est ça.

四、閱讀

A l'examen, le professeur interroge un étudiant en histoire. Il ne sait vraiment rien. Alors le professeur demande pour lui donner une dernière chance:

《Voyons, hum… Qui a découvert l'Amérique?》

Pas de réponse.

Fatigué, le professeur crie:

《Christophe Colomb》

A ce moment, l'étudiant s'en va. Très étonné, le professeur l'appelle:

《Eh bien, vous partez?》

— Oh! Pardon, je crois que vous en avez appelé un autre.

 解答

一、

félicite félicitent
rencontrons rencontrent
maries mariez
se regarde se regardent
te lèves vous levez

二、

sont venus
me suis levé(e)
a déjà joué
avons passé
est parti

三、

raconte
quoi
rencontré
vrai
continuer

第三單元

附錄

附錄 1
補充詞彙及本書詞彙

un, une	1
deux	2
trois	3
quatre	4
cinq	5
six	6
sept	7
huit	8
neuf	9
dix	10
onze	11
douze	12
treize	13
quatorze	14
quinze	15
seize	16
dix-sept	17
dix-huit	18
dix-neuf	19
vingt	20
vingt et un	21
vingt-deux	22
trente	30
quarante	40
cinquante	50
soixante	60
soixante-dix	70
quatre-vingts	80
quatre-vingt-dix	90
cent	100
cent un	101
cent dix	110

deux cents	200
trios cents	300
mille	1,000
deux mille	2,000
dix mille	10,000
cinquante mille	50,000
cent mille	100,000
un million	1,000,000

premier	第 1
deuxième	第 2
troisième	第 3
quatrième	第 4
cinquième	第 5
sixième	第 6
septième	第 7
huitième	第 8
neuvième	第 9
dixième	第 10
onzième	第 11
douzième	第 12
treizième	第 13
vingtième	第 20
vingt-et-unième	第 21
vingt-deuxième	第 22
trentième	第 30
quarantième	第 40
cinquantième	第 50
soixantième	第 60
soixante-dixième	第 70
quatre-vingtième	第 80
quatre-vingt-dixième	第 90
centième	第 100

la semaine	週
dimanche	星期天
lundi	星期一

mardi	星期二	ce mois	本月
mercredi	星期三	le mois dernier	上個月
jeudi	星期四	l'année	年
vendredi	星期五	cette année	今年
samedi	星期六	les saisons	季節
		le printemps	春
les mois	月	l'été	夏
janvier	1 月	l'automne	秋
février	2 月	l'hiver	冬
mars	3 月	le calendrier	日曆
avril	4 月	Quand?	何時
mai	5 月	Combien de jours?	多少天
juin	6 月	temps modernes	現代
juillet	7 月	autrefois	從前
août	8 月		
septembre	9 月	une seconde	1 秒
octobre	10 月	deux secondes	2 秒
novembre	11 月	trente secondes	30 秒
décembre	12 月	une minute	1 分
		deux minutes	2 分
le premier janvier	1 月 1 日	quinze minutes	15 分
le vingt-cinq décembre	12 月 25 日	trente minutes; une demi-heure	30 分；半小時
mille neuf cent soixante-quatre	1964 年	une heure	一小時
les jours	日	[à] une heure	一點鐘
aujourd'hui	今天	deux heures	兩小時
hier	昨天	[à] deux heures	兩點鐘
demain	明天	douze heures	十二小時
avant-hier	前天	[à] douze heures	十二點鐘
après-demain	後天	[à] midi	中午
chaque jour	每天	[à] minuit	午夜
dans quelques jours	兩三天後	deux heures cinq	兩點五分
un autre jour	改天	deux heures et quart; deux heures quinze	兩點一刻；兩點十五分
cette semaine	本週	deux heures et demie; deux heures trente	兩點半；兩點三十分
la semaine dernière	上週	trios heures moins le quart	三點差一刻（兩點四十五分）
la semaine prochaine	下週		
chaque semaine	每週		

trois heures moins cinq	三點差五分
le matin	早上
l'après-midi	下午
le soir	傍晚，晚上
la nuit	夜，晚
ce matin	今早
cet après-midi	今天下午
ce soir	今晚
cette nuit	今夜
dans la matinée	在早上
dans l'après-midi	在下午
il y a; avant	以前
maintenant	現在
tout de suite	立刻
dans peu de temps; bientôt	不久
plus tard	稍後
dans quelques minutes	兩三分鐘後
tôt	早的
tard	遲的
souvent	時常
quelquefois	有時候
toujours	總是
juste	剛剛
montre bracelet	錶
horloge	鐘
cloche	鈴；鐘
réveille-matin	鬧鐘
beau temps	晴朗的
nuageux	多雲的
il fait du vent	多風的
pluvieux	下雨
nuage	雲
vent	風
pluie	雨
averse	陣雨

orage	暴風雨
tonnerre	雷
neige	雪
brume	霧
brouillard	煙霧
frais	涼爽的
froid	寒冷的
doux	溫暖的
chaud	熱的
une chaleur lourde	酷熱的
la température	溫度
C [=Celsius]	攝氏
F [=Fahrenheit]	華氏
degré	度

A
à prép. 到 ... ，在 ...（指時間、地點）
absent(e)　a. 缺席的，不在的
accepter v. t. 接受
accident n. m. 事故
achat n. m. 購物
acheter v. t. 買，購物，購買
actuellement adv. 目前
adresse n. f. 地址
aéroport n. m. 飛機場
affaire n. f. 生意；事情
âge n. m. 年齡
agir v. i. 行動
agréable a. 愉快的，舒適的，討人喜歡的
aide n. f. 幫助
aider v. t. 幫助
aimer v. t. 喜歡，愛
ainsi adv. 這樣，如此
air n. m. 空氣；神態
aller v. i. 去
alors adv. 那麼；當時

ambulance n. f. 救護車	avec prép. 和，同，與
Américain ,e n. pr. 美國人；美洲人	avion n. m. 飛機
ami(e) n. 朋友	avoir v. t. 有
amicalement adv. 友好地	avoir envie de loc. verb. 渴望，想要
amitié n. f. 友誼	avoir lieu loc. verb. 舉行，發生
an n. m. 年；年齡	avril n. m. 四月
anglais n. m. 英語	
Anglais(e) n. pr. 英國人	B
anglais, e a. 英國的	bagage n. m. 行李
animal n. m. 動物	baguette n. f. 小棒子；法國麵包
année n. f. 年	billet n. m. 票
anniversaire n. m. 生日，週年	ballon n. m. 皮球
août n. m. 八月	banlieue n. f. 郊區
appartement n. m. 公寓	banque n. f. 銀行
appeler (s') v. pr. 名叫	bateau n. m. 船
apprendre v. t. 學；數	bavarder v. i. 閒聊
après prép. 在 … 之後	beau, bel, belle a. 漂亮的，美麗的
après-midi n. m. inv. 下午	beaucoup adv. 很多，非常
arbre n. m. 樹	bébé n. m. 嬰兒
argent n. m. 錢	bibliothèque n. f. 圖書館
arrêter (s') v. pr. 停止	bicyclette n. f. 自行車
arriver v. i. 到達	bien adv. 好；很
asseoir (s') v. pr. 坐，坐下	bien sûr loc. adv. 當然
assez adv. 足夠，相當	bientôt adv. 不久，馬上
attendre v. t. 等待	bienvenue n. f. 歡迎
attention n. f. 當心，注意	bienvenu, e a. 受歡迎的
attirer v. t. 吸引	bière n. f. 啤酒
attitude n. f. 態度	blanc(he) a. 白色的
aujourd'hui adv. 今天	blesser v. t. 使受傷
aussi adv. 也，同樣地	bleu, e a. 藍色的
aussitôt adv. 立刻	blouson n. m. 夾克
autobus n. m. 公共汽車	blé n. m. 小麥
automne n. m. 秋天	boeuf n. m. 牛
autoroute n. f. 高速公路	boire v. t. 喝
autre a. indéf. 另外的，其他的	boisson n. f. 飲料
avant prép. 在 … 以前	bon(ne) a. 好的
avantage n. m. 好處 ，利益，方便	bonbon n. m. 糖果

bonheur n. m. 幸福

bonjour n. m. 早安

bonsoir n. m. 晚安

bouche n. f. 嘴

boulanger n. m. 麵包師

boulangerie n. f. 麵包店

boulot n. m. 工作

bourse n. f. 獎學金

bouteille n. f. 瓶，酒瓶

bras n. m. 手臂，胳膊

bureau n. m. 辦公室；辦公桌

C

cadeau n. m. 禮物

café n. m. 咖啡；咖啡館

caméra n. f. 照相機

camion n. m. 卡車

campagne n. f. 鄉村

car conj. 因為

carrefour n. f. 十字路口

carte n. f. 卡片，證件，地圖

cause n. f. 原因

ce pron.dém. 這個，那個

ce, cet, cette, ces, a. dém. 這

cela(ça) pron. dém. 這個，那個

cent a. num. 百

centre n. m. 中心，中央

cérémonie n. f. 儀式

chaise n. f. 椅子

chambre n. f. 房間，臥室

champignon n. m. 蘑菇

chance n. f. 運氣

changer v. t ; vi. 變化

chapeau n. m. 帽子

chaque a. indéf. 每個

chat n. m. 貓

chaud, e a. 熱的

chauffeur n. m. 司機

cher, ère a. 親愛的

cher, ère a. 昂貴的

chemin de fer n. m. 鐵路

chercher v. t. 找，尋找

cheval n. m. 馬

cheveu n. m. 頭髮

chez prép. 在 … 家裡

chien n. m. 狗

chiffre n. m. 數字，數目

Chine n.f. 中國

chinois, e adj. 中國的

Chinois, e n. pr. 中國人

choisir v. t. 選擇

choix n. m. 選擇，挑選

chose n. f. 東西，事情

cigarette n. f. 香煙

cinéma n. m. 電影院；電影

cinq a. num. 五

clrconstance n. f. 情況，狀況，環境

circulation n. f. 交通

classe n. f. 班級，教室

client, e n. 顧客

classique a. 古典的

climat n.m. 氣候

coeur n.m. 心，心臟

colère n.f. 怒氣

coiffeur n. 理髮師

combien adv. 多少；多麼

comme conj. 如同，像；由於

clé n.f. 鑰匙

comme d'habitude 同往常一樣

commencement n. m. 開始

commencer v. t ; v. i. 開始

comment adv. 如何，怎樣

commerce n. m. 商業

commode a. 方便的

145

composition n. f. 作文

comprendre v. t. 懂得，理解

compte n. m. 帳戶

compter v. t. 數，計算；打算

concert n. m. 音樂會

condition n. f. 條件

conduire v. t. 駕駛

conférence n. f. 講座

confortable a. 舒適的

connaître v. t. 知道，懂得，認識，了解

conseil n. m. 勸告，建議

conseiller v. t. 勸告，建議

conserver v. t. 儲存，保管，保持

consommer v. t. 消費；食用

content(e)　a. 高興的，滿意的

contrat n. m. 合約

contrôler v. t. 檢查，監督，控制

convenir v. t. ind. 適合，適應

costume n. m. 套裝

continu(e)　a. 連續的，繼續的

continuer v. t. 繼續

contre prép. 對，向；反對，反抗

coopération n. f. 合作

coucher (se) v. pr. 躺下，睡覺

couleur n. f. 顏色

coup n. m. 擊、打

couper v. t. 割，切，切斷

courage n. m. 勇氣

courageux, se a. 有勇氣的，勇敢的

courir v. i. 跑，奔跑

couramment adv. 流利地

courrier n. m. 信件，郵件

cours n. m. 課，課程

course n. f. 賽跑，購物

court e a. 短的

coûter v. i. 價值

coutume n. f. 習慣，習俗

cravate n. f. 領帶

crayon n. m. 鉛筆

cri n. m. 叫，叫喊

crier v. i. 叫，叫喊

critiquer v .t. 批評

croire v. t. 認為，相信

croissant n. m. 可頌，牛角麵包

cuisine n.f. 廚房；烹飪，烹調

culture n.f. 文化；農作物

D

d'abord loc. adv. 首先

d'accord loc. adv. 同意，贊成

d'ailleurs loc. adv. 此外，況且

dame n. f. 女士

danger n. m. 危險

dangereux, se a. 危險的

dans n. f. 在 … 裡

danse n. f. 跳舞，舞蹈

danser v. i. 跳舞

date n. f. 日期

davantage adv. 更，更多，更加

debout adv. 站立著，直立著

début n. m. 開頭，開始

débuter v. i. 開始

décider v. t. 決定

décision n. f. 決定

découvrir v. t. 發現

degré n. m. 度

déjà adv. 已經

déjeuner n. m. 午餐

déjeuner v. i. 用午餐

demain adv. 明天

demander v. t. 詢問，要求，請求

demi, e a. 一半的

demoiselle n. f. 小姐

dent n. f. 牙齒

dépêcher(se) (de) v. pr. 趕緊	droit, e a. 右的，右邊的；直的，筆直的
depuis prép. 自 … 以來	durée n. f. 期間，期限
déranger v. t. 打擾	durer v. i. 持續，延續
désir n. m. 慾望	
dès que loc. conj. 一 … 就	E
descendre v. i. 下來	eau n. f. 水
desirer v. t. 想要，希望	école n. f. 學校
désolé, e a. 抱歉	écouter v. t. 聽，聽從
dessert n. m （餐後）甜食	écrier (s') v. pr. 喊叫
deux a. num. 二	écrire v. t. 寫，寫信
développement n. m. 發展	éducation n. f. 教育
développer v. t. 發展	église n. f. 教堂
décembre n. m. 十二月	électricité n. f. 電
devoir v. t. 應該	électrique a. 電的
d'habitude loc. adv. 通常	élève n. 學生
dictionnaire n. m. 辭典	embrasser v. t. 擁抱，吻
différent(e) a. 不同的	emmener v. t. 帶走
difficile a. 困難的	employé, e n. 職員，雇員
difficulté n. f. 困難	embouteillage n. m. 交通堵塞
dimanche n. m. 星期日	enchanté(e) a. 榮幸的
dîner n. m. 晚餐	encore adv. 還，再，又
dîner v. i. 用晚餐	enfin adv. 終於
dire v. t. 說	ennuyer (s') v. pr. 感到無聊；感到煩惱
direction n. f. 方向	encouragement n. m. 鼓勵
directeur n. m. 主任，經理	environnement n. m. 環境
diriger v. t. 領導，指揮	entendre v. t. 聽見，聽到
discuter v. i. 討論，爭論	entre prép. 在 … 之間
disparaître v. i. 消失	entrée n. f. 進口處，入口處
dix a. num. 十	enterprise n. f. 企業
docteur n. m. 醫師，大夫；博士	entrer v. i. 進入
donner v. t. 給，送，給予	enveloppe n. f. 信封
dormir v. i. 睡，睡覺	environ adv. 大約，左右
dollar n. m. 美元	erreur n. f. 錯誤，差錯
dos n. m. 背	escalier n. m. 樓梯，扶梯
doux, ce a. 溫和的，柔和的	espérer v. t. 希望
douze a. num. 十二	essayer v. t. 試穿，試用
douleur n. f. 疼痛，痛苦	essence n. f. 汽油

estimer v. t. 估計，評價，認為

et conj. 和

étonner v. t. 使驚訝

étranger, ère a. 外國的

être v. i. 是

étude n. f. 學習

étudiant, e n. 大學生

euro n. m. 歐元

examen n. m. 考試

examiner v. t. 檢查

excuse n. f. 抱歉

excuser v. t. 原諒

excellent(e)　adj. 極好的

exercice n. m. 鍛鍊，訓練，練習

expérience n. f. 實驗，經驗

explication n. f. 解釋，說明

expliquer v. t. 解釋，說明

exposition n. f. 展覽會

exprimer v. t. 表達

extraordinaire a. 特別的，奇特的

F

fabriquer v. t. 製造，製作

facile a. 容易的

facilement adv. 容易地

façon n. f. 方法，方式

facteur n. m. 郵差

faculté n. f. 系，學院

faim n. f. 飢餓

faire v. t. 做

falloir v. impers. 需要，應該

famille n. f. 家庭

fatigué(e)　a. 疲勞的，疲憊的

faute n. f. 錯誤，過失

félicitation n. f. 祝賀

femme n. f. 婦女，妻子

fenêtre n. f. 窗

---

fermer v. t. 關，關閉

fête n. f. 節日

fêter v. t. 慶祝

feu n. m. 火，燈火

festival n. m. 音樂節，聯歡節

feuille n. f. 紙頁；樹葉

février n. m. 二月

fièvre n. f. 發燒，發熱

fille n. f. 女兒，女孩

film n. m. 電影，影片

fils n. m. 兒子

finir v. i. ; v. t. 結束

fleuve n. m. 江

fois n. f. 次，回

fort(e)　a. 有力的，強壯的，棒的

foule n. f. 人群

franc n. m. 法郎

français n. m. 法語

français(e)　a. 法國的；法國人的；法語的

Français, e n. pr. 法國人

frère n. m. 兄弟

fruit n. m. 水果

fumer v. i ; v. t. 吸煙

G

gagner v. t. 贏得

garçon n. m. 男孩

garder v. t. 保留，看管

gare n. f. 火車站

garer (se) v. pr. 停放，停車

gauche a. 左的，左邊的

gens n. pl. 人，人們

gentil(le)　a. 可愛的

gentillesse n. f. 熱情，殷勤，親切

geste n. m. 手勢，姿勢，動作

goûter v. t. 品嚐

gouvernement n. m. 政府

grand, e a. 大的，偉大的

grand-mère n. f. 祖母，外祖母

grand-père n. m. 祖父，外祖父

gros(se)　a. 大的，胖的

guide n. 導遊

H

habiter v. i ; v. t. 居住

habitude n. f. 習慣

heure n. f. 鐘點

heureux(se)　a. 幸福的，高興的

hier adv. 昨天

hiver n. m. 冬天

homme n. m. 男人

hôpital n. m. 醫院

horaire n. m. 時間表，時刻表

hôtel n. m. 旅館

huit a. num. 八

humeur n. f. 性情，情緒

I

ici adv. 這兒

identité n. f. 身分

il pron. 他

il y a loc. 有

important(e)　a. 重要的

impossible a. 不可能的

ingénieur n. m. 工程師

inquiet(ète)　a. 擔心的，不安的

inquiéter (s') v. pr. 擔心，不安

installer v. t. 安置，安裝

installer (s') v. pr. 定居，安家

instant n. m. 瞬間，片刻

interdit(e)　a. 禁止的

intelligent(e)　a. 聰明的

intégral(e)　a. 完整的

intéressant(e)　a. 有意思的

intéresser v. t. 使感興趣

internet n. m. 網際網路

interprète n. 翻譯

interroger v. t. 提問，詢問

invitation n. f. 邀請，請帖

inviter v. t. 邀請

italien n. m. 義大利語

J

jaloux(se)　a. 嫉妒的

jamais adv. 從不

janvier n. m. 一月

Japon n. pr. 日本

jardin n. m. 花園

jaune a. 黃色的

jeter v. t. 扔、拋

jeu n. m. 遊戲；運動，比賽；賭注

jeudi n. m. 星期四

jeune a. 年輕的，幼小的

jeunesse n. f. 青年時代

joli(e)　a. 漂亮的

jouer (à)(de) v. t. ind. 遊戲，玩耍，踢、打（球類）；演奏，彈拉（樂器）

jouet n. m. 玩具

jour n. m. 天，日子

journal, aux n. m. 報紙

journaliste n. 記者

juger (de) v. t ind. 判斷，評價

juillet n. m. 七月

juin n. m. 六月

jupe n. f. 裙子

jusqu'à loc. prép. 直到

juste adv. 正好，恰巧

justement adv. 正好，準確地

K

kilo n. m. 公斤

kilomètre n. m. 公里

L

là-bas loc. adv. 那兒

laisser v. t. 留下，留，讓

lait n. m. 牛奶

lampe n. f. 燈

langue n. f. 語言；舌頭

lecture n. f. 閱讀

leçon n. f. 課

légumes n. m. pl. 蔬菜

lendemain n. m. 次日

lettre n. f. 信；字母

lever (se) v. pr. 起床，起身

libre a. 自由的；空閒的

lieu n. m. 地方

ligne n. f. 線

lire v. t. 閱讀

lit n. m. 床

livre n. m. 書

logement n. m. 住所，住房

loger v. t. 安頓，留宿

loi n. f. 法律，法令

loin adv. 遠，遙遠

long(ue) a. 長的，長久的

longtemps adv. 長久地，很久

longuement adv. 長時間地

lorsque conj. 當 … 時候

louer v. t. 租借；出租

loup n. m. 狼

lourd(e) a. 重的，笨重的，沈悶的

loyer n. m. 房租

lundi n. m. 星期一

lycée n. m. 公立中學

M

machine n. f. 機器

madame n. f. 夫人，太太

mademoiselle n. f. 小姐

magasin n. m. 商店

magnifique a. 極美的，極好的，壯麗的

mai n. m. 五月

main n. f. 手

maintenant adv. 現在

mail n. m. 電子郵件

mairie n. f. 市政府

mais conj. 但是

maison n. f. 房屋，家

mal adv. 壞，糟

mal, aux n. m. 疼痛

malade a. 生病的

maladie n. f. 病，疾病

malgré prép. 罔顧，儘管

malheureux(se) a. 不幸的，倒楣的

manger v. t. 吃

manifestation n. f. 遊行

manquer v. t. ind. 缺少

manteau n. m. 大衣

marchand(e) n. 商人

marche n. f. 行走，運行

marcher v. i. 行走，運轉

marché n. m. 市場

mardi n. m. 星期二

mari n. m. 丈夫

mariage n. m. 婚姻，結婚，婚禮

mars n. m. 三月

marier(se) v. pr. 結婚

mathématiques n. f. pl. 數學

matin n. m. 早上

matinée n. f. 上午

mauvais(e) a. 壞的

médaille n. f. 獎章，獎牌

médecin n. m. 醫生

ménage n. m. 家務

menu n. m. 選單

mer n. f. 海，海洋

merci n. m. ; interj. 謝謝

mercredi n. m. 星期三

mère n. f. 母親

message n. m. 訊息

météo n. f. 天氣預報

métro n. m. 地下鐵

mettre v. t. 放、置

mettre(se) (à) v. pr. 開始（做某事）

mètre n. m. 米

mieux n. m. 最好；adv. 更好地

midi n.m. 中午

mIgnon(ne) a. 嬌小可愛的

milieu n. m. 中間

ministère n. m. 部

ministre n. m. 部長，大臣

minuit n. m. 子夜，午夜十二時

minute n. f. 分鐘

moderne a. 現代的

mois n. m. 月，月份

moment n. m. 時刻

monde n. m. 世界

monnaie n. f. 貨幣，零錢

monsieur n. m. 先生

montagne n. f. 山

monter v. i. 乘上，登上，上樓；v. t. 搬上

montre n. f. 手錶

montrer v. t. 出示，顯示

monument n. m. 紀念性建築物；名勝古跡

mort n. f. 死亡

mot n. m. 字，詞，短信

moteur n. m. 馬達，發動機

mourir v. i. 死，死亡

moyen n. m. 方法，辦法

moyen(ne) a. 中等的

musée n. m. 博物館

musique n. f. 音樂

N

naissance n. f. 出生

nager v. i. 游泳

né, e p. p. 出生的

neiger v. impers. 下雪

ne…jamais loc. adv. 從未，永遠不

ne…pas loc. adv. 不

ne…personne loc. adv. 無人，沒有人

ne…plus loc. adv. 不再

ne…que loc. adv. 僅僅，只是

ne…rien loc. adv. 一點兒也不，沒什麼東西

neuf a. num. 九

neveu n. m. 侄子

Noël n. m. 耶誕節

noir(e) a. 黑的

nom n. m. 名字，名稱

nombre n. m. 數字

non adv. 不

non plus loc. adv. 也不

nouveau(nouvel, nouvelle) a. 新的

nouvelle n. f. 消息，新聞

novembre n. m. 十一月

nuit n. f. 夜間，夜晚

numéro n. m. 號碼

O

obéir v. t. ind. 服從

obliger v. t. 強迫，迫使

obligation n. f. 義務

obtenir v. t. 獲得，取得

occasion n. f. 機會

occupé(e) a. 忙的；被佔據的

octobre n. m. 十月

oeuf n. m 蛋，雞蛋

offrir v. t. 提供

oiseau n. m. 鳥

olympique a. 奧林匹克的

on pron. 人們

onze a. num. 十一

orange n. f. 柳橙

ordure n. f. 垃圾

ordinateur n. m. 電腦

organiser v. t. 組織

orphelin, e n. 孤兒

orthographe n. f. 拼寫

où adv. 哪裡

ou conj. 或者

oublier v. t. 忘記

ouest n. m. 西，西邊；西的，西方的，西部的

oui adv. 是，是的，對的

ouvrier(ère)　n. 工人

ouvrir v. t. 開，打開

P

page n. f. 頁

pain n. m. 麵包

pantalon n. m. 褲子

papiers n. m. pl. 證件

paquet n. m. 包裹

par prép. 被，經過，透過

parapluie n. m. 雨傘

parc n. m. 公園

parce que loc. conj. 因為

pardon n. m. 原諒，對不起

pardonner v. t. 原諒

parents n. m. pl. 父母

parfait(e)　a. 完美的

parisien(ne)　a. 巴黎的

parler v. i. 說話，講話

parole n. f. 話

partie n. f. 部分

partir v. i. 出發，動身

partout adv. 到處

pas encore loc. adv. 還沒有

passeport n. m. 護照

passer v. i. 透過，經過；v. t. 穿過，越過，透過；v. pr. 發生，經過

patience n. f. 耐心

patron n. m. 老闆

pauvre a. 貧窮的

payer v. t. 支付

pays n. m. 國家，地區

pays natal 故鄉

paysage n. m. 風景，景色

paysan, ne n. 農民

peine n. f. 痛苦，辛苦，困難

pendant prép 在 … 期間

penser v. i ; v. t. 思考，想到，想念，以為

perdre v. t. 丟失，遺失，失去

père n. m. 父親

permettre v. t. 允許，使可能

personne n. f. 人

petit, e a. 小的

pharmacien, ne n. 藥劑師

photographe n. 攝影師

piano n. m. 鋼琴

pierre n. f. 石頭

piqueniquer v. i. 野餐

pétrole n. m. 石油

peur n. f. 害怕

peut-être adv. 也許

photo n. f. 照片

phrase n. f. 句子

pied n. m. 腳

pique-nique n. m. 野餐

place n. f. 廣場；座位

placer v. t. 放置，安排座位

plaisir n. m. 樂趣，高興

plan n. m. 平面圖，交通圖，計畫

plante n. f. 植物，作物

plat n. m. 一盤菜

plein(e)　a. 滿的

pleurer v. i. 哭

pleuvoir v. impers. 下雨

pluie n. f. 雨

plupart n. f. 大部分，大多數

plus adv. 更

plusieurs a. indéf. pl. 好幾個的

plutôt adv. 寧願，相當

poisson n. m. 魚

police n. f. 警察

politesse n. f. 禮貌

pomme n. f. 蘋果

pomme de terre n. f. 土豆

populaire a. 民間的，人民的

population n. f. 人口，居民

porter(se) v. pr. 處於 … 的身體狀況

porte n. f. 門

poser v. t. 提出

possible a. 可能的

poste n. f. 郵局，郵政

pour prép. 為了

pourquoi adv. 為什麼

pouvoir v. aux. 能，能夠，可以

préférer v. t. 更喜歡

premier(ère)　a. 第一的

prendre v. t. 拿；乘坐；吃喝

prénom n. m. 名

préparation n. f. 準備

préparer v. t. 準備

près de loc. prép. 靠近，將近

présenter v. t. 介紹

presenter(se) v. pr. 自我介紹

président n. m. 主席，總統

presque adv. 幾乎，差不多

presser (se) v. pr. 趕緊，急忙

prêter v. t. 出借

prévoir v. t. 預見、預測

prier v. t. 懇求，請求

principal, e a. 主要的

printemps n. m. 春天

prix n. m. 價格

probable a. 很可能的

problème n. m. 問題

prochain(e)　a. 下一個的

production n. f. 生產，產量

produire(se) v. pr. 發生，出現

produit n. m. 產品

professeur n. m. 教師，教授

programme n. m. 節目，節目單，大綱，程式

projet n. m. 計畫，打算

promenade n. f. 散步

promener (se) v. pr. 散步

promettre v. t. 答應，允諾

proposer v. t. 提議，建議

proposition n. f. 提議，建議

protection n. f. 保護

protéger v. t. 保護

puis adv. 接著，然後

Q

qualité n. f. 質量，品性

quand conj. 當 … 時；adv. 何時

quart n. m. 一刻鐘；四分之一

quartier n. m. 區

quatorze a. num. 十四

quatre a. num. 四

que pron. interr. 什麼

quel(le)　a. interr. 什麼樣的

quelque a. indéf. 某一個，某些，少許

question n. f. 問題	réserver v. t. 保留，保存；預訂
qui pron. indéf. 誰	respect n. m. 尊敬，敬意
quinze a. num. 十五	responsable a. 負責的，負有責任的；n. 負責人
quitter v. t. 離開	ressembler(à) v. t. ind. 和 ... 相象
quoi pron. 什麼	restaurant n. m. 飯店
	rester v. i. 停留，待
R	résultat n. m. 結果
raconter v. t. 敘述	retard n. m. 遲到，延誤
raison n. f. 理由	réussir v. i. 獲得成功；v.t. 成功
ramasser v. t. 拾取，撿起	revenir v. i. 再來，回來
rapide a. 快的，快速的	revoir v. t. 重新見到
rarement adv. 很少地	revue n. f. 雜誌
ravi(e) a. 很高興的	rire v. i. 笑
recevoir v. t. 接受，接待，收到	rivière n. f. 河，江
recherche n. f. 尋找；研究	robe n. f. 連衣裙
reconnaître v. t. 認出，承認	riz n. m. 稻，米；米飯
refuser v. t. 拒絕	rôle n. m. 作用，角色
regarder v. t. 看，注視	roman n. m. 小說
regard n. m. 目光	rouge a. 紅色的
région n. f. 地區，區域	rouler v. i. 行駛；滾動
règle n. f. 規則	route n. f. 公路
régler v. t. 處理，解決	rue n. f. 馬路，街道
regretter v. t. 惋惜，遺憾	
remarquer v. t. 注意到，察覺到	**S**
remercier v. t. 感謝	sac n. m. 包，袋
remplir v. t. 履行，執行；充滿，填寫	sain et sauf 安全，平安無事
rendez-vous n. m. 約會	saison n. f. 季節
rencontrer v. t. 碰見，遇見	salaire n. m. 工資
rendre v. t. 歸還，退還，回報	salle de bain(s) n. f. 浴室
rentrer v. i. 回家，回來	salle de séjour n. f. 起居室
repas n. m. 餐，飲食	salon n. m. 客廳，會客室
répéter v. t. 重複說，重複做	saluer v. t. 向 ... 致意，向 ... 致敬
répondre v. t ; v. t. ind. 回答，答覆	salutation n. f. 致敬，致意
résoudre v. t. 解決	samedi n. m. 星期六
repos n. m. 休息	sang n. m. 血
reposer (se) v. pr. 休息	sans prép. 沒有，無，不
représentation n. f. 演出	

satisfait(e)　a. 滿意的

sauf prép. 除 … 之外

savoir v. t. 知道，會

science n. f. 科學

scientifique a. 科學的

séance n. f. 一場，一次，一回

secrétaire n. 秘書

seize a. num. 十六

séjourner v. i. 逗留

semaine n. f. 星期，周

sembler v. i. 好像，似乎

sentir v. t. 聞，感到

sentir (se) v. pr. 感到，覺得

sept a. num. 七

septembre n. m. 九月

service n. m. 服務

servir v. t. 為 … 服務；端上（飯菜）

servir (se) v. pr. 使用，利用

servir vt. ind. 充當，作為

seul, e a. 獨自的，唯一的

seulement adv. 僅僅，只

si conj. 假如，要是

simple a. 簡單的

six a. num. 六

soeur n. f. 姐妹

soigner v. t. 治療；照顧

soin n. m. ; pl. 細心，關心，注意；治療

soir n. m. 傍晚，晚上

soirée n. f. 晚間，晚會

soleil n. m. 太陽

solution n. f. 解決辦法

somme n. f. 款項

sortie n. f. 出口處

sortir v. i. 出去，外出

souhait n. m. 願望

souhaiter v. t. 希望

soupe n. f. 湯，濃湯

sourire n. m. ; v. i. 微笑

sous prep. 在 … 之下

soutenir v. t. 支援

soutien n. m. 支援

souvenir(se)(de) v. pr. 回憶起，想起，記起

souvent adv. 經常

spectacle n. m. 景象；演出

sport n. m. 體育運動

sportif, ve n. 運動員

stage n. m. 實習期，培訓班

studio n. m. 單人套房

stylo n. m. 鋼筆

succès n. m. 成功，成就

sud n. m. 南，南邊

suffire v. t. ind. 足夠，滿足

suivre v. t. 跟隨，伴隨

superficie n. f. 面積，表面

supermarché n. m. 超級市場

sur prép. 在 … 上面；關於

s'il vous plaît loc. 請，勞駕

sûr ,e adj. 肯定的，可靠的

sûrement adv. 肯定地，可靠地；當然，必然

surtout adv. 尤其，特別

T
tâche n. f. 任務，工作

tabac n. m. 煙草

table n. f. 桌子，飯桌

taille n. f. 身材，尺碼

talent n. m. 才能，才幹，才華

taire(se) v. pr. 沈默不語

tant pis loc. adv. 算了，活該，倒楣

tard adv. 晚，遲

taxi n. m. 計程車

tel, le a. 這樣的

téléphoner v. i. 打電話

téléphone n. m. 電話

téléviseur n. m. 電視機

télévision n. f. 電視

température n. f. 氣溫，體溫

temporaire a. 暫時的，臨時的

temps n. m. 時間，天氣

tenter v. t. 試圖，嘗試

terre n. f. 土地，地面

tête n. f. 頭，腦袋

texte n. m. 課文，文章，正文

théâter n. m. 戲劇；劇院

thé n. m. 茶

toast n.m. 敬酒，乾杯

tôt adv. 早

toujours adv. 總是，永遠

tour n. m. 環繞，環行，一圈

tourisme n. m. 旅遊

T.G.V 特快車

tour Eiffel n. pr. 艾菲爾鐵塔

tomber v. i. 跌倒，倒下

tout à l'heure loc. adv. 待一會兒

tous pron. indéf. 大家，所有的人

tout pron. indéf. 一切，所有的事

tout à coup loc. adv. 突然，忽然

tout de suite loc. adv. 立即，馬上

tout le monde 大家

traduire v. t. 翻譯

transmettre v. t. 轉達，轉交

tranquillité n. f. 安寧

train n. m. 火車，列車

traitement n. m. 對待；治療

transport n. m. 運輸，運送

transporter v. t. 運輸，運送

travail n. m. 工作，勞動

travailler v. i. 工作，勞動

travaux n. m. pl. 工程

traverser v. t. 穿越，穿過

treize a. num. 十三

très adv. 非常，很

trois a. num. 三

tromper(se) v. pr. 弄錯，搞錯

trop adv. 太，過於

trottoir n. m. 行人穿越道

trouver v. t. 找到，發現

U

unique a. 唯一的，獨特的

universel(le)　a. 普遍的，全世界的

université n. f. 大學

un peu loc. adv. 一點兒，少許

usine n. f. 工廠

utile a. 有用的，有益的

V

vacances n. f. pl. 假期，休假

valise n. f. 手提箱

vélo n. m. 自行車

vendeur(se)　n. 售貨員

vendre v. t. 賣，出售

vendredi n. m. 星期五

venir v. i. 來，來到

vent n. m. 風

ventre n. m. 腹，肚子

verre n. m. 玻璃，玻璃杯

vers prép. 向，朝；將近，接近

veste n. f. 上裝，上衣

vêtement n. m. 衣服，服裝

viande n. f. 肉

victoire n. f. 勝利

vie n. f. 生命，生活

vieux, vieil, vieille a. 年老的，古老的，陳舊的

vigueur n. f. 精力，活力

villa n. f. 別墅

village n. m. 村莊，鄉村	
ville n. f. 城市，都市	
vingt a. num. 二十	
violon n. m. 小提琴	
visa n. m. 簽證	
visite n. f. 參觀，訪問	
visiter v. t. 參觀，遊覽	
visiteur, se n. 來訪者，參觀者	
vite adv. 快，迅速地	
vivre v. i. 活著，生活	
voeu n. m. 願望，心願	
voici prép. 這是，這兒是	
voilà prép. 那是，那兒是；這是，這兒是	
voir v. t. 看見，看到，觀看，看望	
voisin(e) a. ; n. 相鄰的；鄰居，鄰座的人	
voiture n. f. 車輛，小汽車	
vol n. m. 飛行；航機	
volontiers adv. 樂意地，自願地	
vouloir v. t. 想要，願意	
voyage n. m. 旅行，旅遊	
voyager v. i. 旅行，旅遊	
voyageur(se) n. 旅客，遊客，乘客	
vrai(e) a. 真實的，確實的	
vraiment adv. 真正地，確實地	

W

wagon n. m. 車廂，貨車
week-end n. m. 週末

Y

y adv. 這兒，那兒
yeux (un oeil) n. m. pl. 眼鏡

Z

zéro n. m. 零；無，沒有
zone n. f. 地帶，帶，區
zoo n. m. 動物園

附錄 2
TABLEAU DE NOMS DE FAMILLE ET DE PRENOMS FRANCAIS
法語姓名表

Alexandre 亞歷山大
Alexis 亞歷克西
Allais 阿萊
Anne 安娜
Antony 安東尼
Arcy 阿爾西
Archimède 阿希梅德
Arras 阿拉斯
Aurèle 奧雷爾
Ayraut 埃羅

Bach 巴赫
Bally 巴利
Bastien 巴斯蒂安
Beaune 博納
Becque 貝克
Bernard 貝爾納
Blanc 博朗
Bourgeois 布爾熱瓦
Bruno 布律諾
Buffet 比費

Callot 卡洛
Cambronne 康布羅納
Campagne 康帕涅
Camus 加繆
Cécile 塞西爾
Cézanne 塞尚
Chanel 夏奈爾
Chapelle 夏佩爾

Christine 克裡斯蒂娜	Guillot 吉約
Collot 科洛	
Cologne 科洛涅	Hélène 埃萊娜
Cotte 科特	Henri 亨利
	Herriot 埃里奧
Daniel 達尼埃爾	Hugo 雨果
De gaulle 戴高樂	Hyères 耶魯
De laval 德拉瓦爾	
Deschamps 德尚	Irene 伊雷娜
Dion 迪奧	Isabelle 伊莎蓓拉
Dubois 杜布瓦	
Du Mont 杜蒙	Jacques 雅克
Dupont 杜邦	Janvier 讓維埃
Dupré 迪普雷	Jeans 讓
Duval 迪瓦爾	Jeanne 讓娜
	Jérôme 熱羅姆
Eddy 埃迪	Joseph 約瑟夫
Edmond 艾德蒙	Jouan 儒奧
Eric 艾利克	Jules 於勒
Estoile 埃圖瓦爾	Julia 朱利亞
Eve 夏娃	Julien 朱利安
	Julienne 朱利安娜
Falcon 法爾孔	Juliette 朱莉埃特
Fanny 法妮	Justine 朱斯蒂娜
Ford 福特	
Forest 福雷	Kahn 卡恩
France 弗朗斯	Krafft 克拉夫特
Francs 弗朗	
Frédéric 弗雷德力克	La barre 拉巴爾
	Lami 拉米
Galbert 加貝拉	Laurent 洛朗
Galle 加萊	Laval 賴伐爾
Garnier 加尼埃	Léon 萊昂
Garonne 加羅納	Léonard 萊奧納爾
Gautier 戈蒂埃	Loire 盧瓦爾
Gérard 熱拉爾	Luc 呂克
Giono 吉奧諾	Lucien 呂西安

Lucienne 呂西安娜
Lys 利斯

Malo 馬洛
Marc 馬克
Marchand 馬爾尚
Marie 瑪麗
Michel 蜜雪兒
Molina 莫利納
Monet 莫奈

Nancy 南茜
Nicolas 尼古拉
Nicole 尼科爾
Noémi 諾埃米

Olivier 奧利維埃
Oscar 奧斯卡
Otto 奧特

Pascal 帕斯卡爾
Pasquier 帕基爾
Paul 保羅
Picasso 畢加索
Phillippe 菲利普
Pierre 皮埃爾
Prévost 普雷沃

Quérard 凱拉爾
Quinault 基諾

Rachel 拉歇爾
Raoul 拉烏爾
Raymond 雷蒙
Renard 勒納爾
Richard 里夏爾
Rigaud 里戈

Robert 羅貝爾
Rousseau 盧梭

Sabine 薩比娜
Serre 賽爾
Sicard 西卡爾
Simon 西蒙
Sisley 西斯萊
Sophie 索菲
Sorbonne 索邦
Sylvia 西爾維亞

Tchad 查德
Thibaud 蒂博
Thierry 蒂埃里
Thomas 托馬森

Valéry 瓦萊里
Victor 維克多
Victoria 維多利亞
Vien 維安
Vienne 維埃納
Vigo 維戈
Vivien 維維恩

Xavier 格扎維埃

Yves 伊夫
Yvon 伊瑪
Yvonne 伊馮娜

Zola 佐拉

國家圖書館出版品預行編目(CIP)資料

魅力法語入門 / 許小明/束嘉晨 作. -- 初版. --

新北市： 智寬文化,民100.10

面 ； 公分

ISBN 978-986-87544-1-6(平裝附光碟片)

1. 法語 2. 讀本

804.58   100021052

外語學習系列 A005

魅力法語入門

2012年11月 初版第2刷

總策劃	許小明
主編	束嘉晨
校訂／錄音	徐鵬飛‧淡江大學法國語文學系教授
校訂／錄音	陳鏡如‧淡江大學法國語文學系講師
出版者	智寬文化事業有限公司
地址	新北市235中和區中山路二段409號5樓
E-mail	john620220@hotmail.com
電話	02-77312238‧02-82215078
傳真	02-82215075
印刷者	彩之坊科技股份有限公司
定價	新台幣300元
郵政劃撥‧戶名	50173486‧智寬文化事業有限公司